ベリーズ文庫

クールな公爵様のゆゆしき恋情

吉 澤 紗 矢

STARTS
スターツ出版株式会社

目次

第一章　婚約解消

私、ラウラ・アンテスは今日失恋した。


ベルハイム王宮の夜会は今夜も華やかに賑わっている。

美しさを競うように色鮮やかなドレスで着飾った令嬢たちは、優雅に舞う蝶のよう。

その蝶たちが集まる大広間でも一際華やいだ一角に、私はひとりで向かっていた。

エスコートのない私に、好奇の視線が集まってくる。

アンテス辺境伯家の長女の私は、ベルハイム貴族の中でもかなり身分が高いので、いつものことだけれど、エスコートもなくひとりでいる私に好奇の視線が集まってくる。

本来ならばひとりで夜会に来るなど有り得ないからだ。

私はこれでもアンテス辺境伯の長女で、ベルハイムの貴族令嬢の中でもかなり身分が高く、本来ならばこのような状況は有り得ないから。

ひそひそとささやく声が聞こえ、憐れみの視線を感じる。でも、こんなことはもう何度も経験している。

そのたびに私は、悲しく惨めな気持ちがこみ上げ、逃げ帰りたくなった。

だけど今夜は違う。

周りの視線など、もう気にはならない。


令嬢たちの集まりの中心に、遠くからでも目を惹く若い男性の姿があった。

彼の名前は、アレクセイ・ベルムバッハ。

王妃様を母君とする、第二王子殿下だ。

煌《きら》めく黄金の髪。海のように深い色味の碧眼《へきがん》。

彫刻のように整った顔は、ひと目見たら忘れられない。

見目麗しい王子に夢中の令嬢たちは、近づく私に気がつかないでいる。

初めに私に気がついたのはアレクセイ様だった。私の姿が視界に入った途端に笑顔は消え、眉間には深いシワが寄っていく。

「ずいぶんと早いお出ましだな」

アレクセイ様が発した声は、うんざりとした、冷たく不機嫌なものだった。

令嬢たちとの語らいを邪魔した私に苛立っているのだろう。でも私だって好んで邪魔をしたわけじゃない。

礼儀として、一番に挨拶をしなくてはならないアレクセイ様に近づいただけだ。

「アレクセイ様。このたびはご招待いただきましてありがとうございます」

挨拶をしてもアレクセイ様の顔は険しいままで、言葉ひとつかけてもらえない。

いつものこととはいえ、胸が痛くなる。

「ご歓談中にお邪魔をしてしまい申し訳ございませんでした。ご挨拶も済みましたので私は下がらせていただきます」

そのまますぐに立ち去ろうとしたけれど、「ラウラ、待て」となぜかアレクセイ様に呼び止められた。

私の顔など見たくないはずなのに、なぜ?

立ち止まる私に、アレクセイ様が問いかけてきた。

「そのネックレスはどうしたんだ?」

アレクセイ様の視線は、私の首もとを飾るルビーのネックレスにあった。

とても大切な人から贈られたもので、私はにとってはかけがえのないものだけれど、高価でも、珍しくもない。

どうしてアレクセイ様が気にするのだろうと疑問に思いながらも、正直に贈り物だと答える。

　するとアレクセイ様は私を睨み付け、その直後一番近くにいた令嬢の肩を抱き寄せた。

「アレクセイ様？」

　肩を抱かれた令嬢は頬を赤くして高い声をあげた。

　彼女はブラント公爵家令嬢のデリア様。赤みのかかったブロンドに金茶の瞳の美しい女性で、迫力のある赤いドレスがとてもよく似合っている。

　デリア様はうっとりとした表情でアレクセイ様を見上げていて、寄り添うふたりはとても絵になっている。

　こんな光景は今までに何度も見てきた。

　アレクセイ様は私には冷たいけれど、デリア様をはじめとしたほかの令嬢方には、いつもとても優しく接していて、私の心を苦しめていた。

　私にも優しくしてほしい。心を開いてほしい……。だって私はアレクセイ様の婚約者なのだから。

　私には見向きもしないでほかの令嬢と親しくする姿を見て、嫉妬で眠れない夜を何度も過ごしてきた。

アレクセイ様に愛されたくて、たくさんの努力も重ねてきた。

でもすべて無駄だった。アレクセイ様は、なにをしても私を受け入れてくれることはなかったから。

「そのネックレスはデリアの方が似合いそうだな。地味なラウラに華やかな赤は似合わない」

ずきりと胸が痛くなる。

私が地味なのは本当のこと。

銀髪に菫《すみれ》色の瞳は、アレクセイ様の黄金の髪やデリア様の赤みがかった金髪と比べると目立たない。

それでも好きな人に言われると悲しくなる。

以前からアレクセイ様はどうして私を傷つけることばかり言うのか、不思議だった。

でもあるとき、気がついた。

本当は婚約を解消したいけれど、それが叶わないから私のことが憎いのだと。

私たちの婚約は王家が決めた政略的なもの。

私の父であるアンテス辺境伯の領土は隣国との境に位置していて、いざというときは国を守る要所となる。

有事に備え強い騎士を多数抱えているため、ほかの貴族に比べずっと強い力を持っている。

ベルムバッハ王家はそんなアンテス家との絆を深めるために、アレクセイ様と私の結婚を決めたのだ。

そういった事情から、アレクセイ様がどれほど嫌だと思っても、私との婚約を解消することはできなかった。

でも――、そんな関係は今日で終わる。

アレクセイ様はデリア様を侍らせながら私への文句を並べたて、見せ付けるように彼女の細い腰を引き寄せた。そして、

「デリアが俺の婚約者だったらな」

放たれたそのひと言は、心を決めたはずの私に動揺を与えた。

痛みと悲しみだけでなく、怒りが込み上げてくるのを止められない。

今までずっと一方的にひどいことを言われ続けて来た。最後に一度だけ言い返したい。

だから本当は言うつもりはなかったのに、ひっそりと去ろうとしていたのに、つい口にしてしまう。

「アレクセイ様、ご安心ください。私たちの婚約は本日をもって解消されました」

その瞬間のアレクセイ様の顔には、初めて見るような驚きと動揺が浮かんでいた。

信じられないといった様子で、目を見開いたままなにも言わないアレクセイ様に、私はニコリと微笑んで告げる。

「私はアンテス領に帰りますので、もうお会いすることはないかと思います。今までありがとうございました」

アレクセイ様の返事を聞く必要はない。

少し無礼かとも思ったけれど、未練を断ち切るように勢いよく踵を返し、大広間の出口へと向かっていく。


冷たく拒否されてきたけれど、私はアレクセイ様がとても好きだった。

婚約した十年以上前からその気持ちはずっと変わらず、だからつらい仕打ちにも耐えてこられた。

苦しくてもアレクセイ様の側にいたかった。

でも、それは私らしさを少しずつ失わせること。

言葉を飲み込み、心を殺して。アレクセイ様の側にいたいからと無理して苦手な王都に留まって……。そんな私らしさを失った毎日が本当に幸せだと言える？

アレクセイ様から離れるのはとてもつらい。

でもこの先いくら待っていてもアレクセイ様の気持ちが私に向くことはなく、いつまでもこの苦しみは続いていくばかり。

そんなのは嫌だと思った。

私は私らしく生きていきたい。

そのためにはアレクセイ様への執着心を捨てるしかない。失恋の痛みはきっと乗り越えられるはずだから。

そんな思いが膨らんできたとき、運命的なタイミングで王家とアンテス家との事情が変わり、私とアレクセイ様は結婚する必要がなくなった。

あとは私が言うだけだった。

アレクセイ様との婚約を解消したいと。

私は眠れない夜を何日も過ごしながらアレクセイ様への想いを断ち切り、そして今日、お父様と共に国王陛下に目通りをし、婚約解消の許可をいただいた。

覚悟の上、決心したことだけれど、とても苦しい。

幸せだった頃の思い出が浮かんできては悲しくなる。

でも、今の私は解放感でいっぱいだ。

ようやく自由になれるのだから。

それは涙が出るほど爽快なことだった。


『ラウラお嬢様。あの山の向こうのずっと先に、アンテスのお城があるそうですよ』

侍女のアンナにそう聞いてから、私は毎日、屋敷裏の小高い丘で過ごしていた。

丘に登ると山がよく見えたから。

アンテス城にはお父様とレオンハルトお兄様がいる。

お母様と私は王都の屋敷に移り住んでいた。だけどお母様はいつも具合が悪くて、一緒にいることができずにいた。

アンテス城で暮らしていた頃はいつも家族が一緒でとても幸せだったのに、ここではひとりぼっちだ。

私は悲しくて、アンテス城の方を眺めてはポロポロと涙を零していた。

山の向こうに沈む夕日はとても綺麗だった。紫とオレンジが混ざった不思議な空の色。

でもひとりでは綺麗な景色を見ても笑顔になれない。

寂しくて悲しくて心に穴が開いてしまったみたいだ。

お母様と一緒にアンテスに帰りたい。

新しい涙が浮かびそうになったとき、元気な男の子の声が聞こえてきた。

『ラウラ！　またここにいたのか』

振り返ると、私より少しだけ背の高い男の子が勢いよく走ってきた。

いつも綺麗だと思う黄金色の髪が、夕日を浴びてオレンジ色に輝いていた。

『なんだよ。お前また泣いてたのか？』

『アレク様……。だってひとりぼっちで寂しかったんだもの』

『こんなところでひとりで泣いてるから余計に寂しくなるんだよ。ラウラが寂しいときは俺が側にいてやるよ。だからもう泣くなよ？』

『え？　アレク様が？』

いつもそうだった。私が泣いているとアレクセイ様がやって来ていろいろな話をしてくれた。

私はそのたびに笑ったり、時には怒ったりして、そのときだけは寂しい気持ちを忘れられた。

『アレク様は人を元気にさせる天才なのね』

そう言うとアレクセイ様の耳は瞬く間に赤くなり、驚く私にちょっと怒ったような顔をして言った。

『そうだ。約束するぞ。絶対に寂しい思いなんてさせない。だからラウラはひとりで泣いちゃ駄目だ。約束だからな』

『本当に一緒にいてくれるの？　ずっと？』

『ああ、ずっとだ』

『アレク様ありがとう！』

うれしくて思わずアレクセイ様に抱きつくと、私が重かったのか、コテンとうしろに倒れてしまった。

草の上にふたり一緒に寝転んで、私たちは声をあげて笑い合った。

そうしているうちに、悲しい気持ちはどこかに消えていた。

『そろそろ帰るぞ。もう遅い時間だから屋敷のみんなが心配してる』

すっかり暗くなった道を、手を繋ぎながら歩き出した。

アレクセイ様の手は温かくてなんだかホッとする。夜の道も恐くない。

しばらくすると、灯りがついた屋敷が見えてきた。

屋敷の周りには灯りを持った大人たちが出て来ていて、私とアレクセイ様を見つけると駆け寄って来た。

遅くまで帰らない私を捜してくれていたそうだ。

勝手に屋敷を抜け出して、日が落ちる前の時間に帰らなかったことを私はたくさん怒られた。なぜかアレクセイ様も一緒に。

ふたり並んで怒られているときにこっそり隣を見ると、アレクセイ様が悪戯っ子みたいな顔で笑いかけてきた——。


——久しぶりに子供の頃の夢を見た。

そのせいか、目覚めたときとても幸せな気持ちになっていた。

十一年前にアンテス領に隣国が攻め入ってきた頃の夢。妹を身篭っていたお母様と幼い私は、安全のために王都にあるお母様の生家に滞在していてアレクセイ様と出会い親しくなった。

あの頃のアレクセイ様は優しくて、家族と離れ離れで心細い私をいつも気遣ってくれていた。

幼い頃の思い出は私を幸せにしてくれる。でもそれと同時に切なくもなる。

あの頃のアレクセイ様はもういないのだと思い知らされるから。

アレクセイ様はどうして変わってしまったのだろう。どうして私は嫌われてしまったのだろう。

ずっと悩んでいても答えが出なかったことをまた考え込みそうになり、私は慌てて気持ちを切り替えた。

昔の夢なんて見てしまったせいで感傷に浸りそうになったけれど、今日は私が王都を発つ日。

過去を振り返って落ち込んでなんていられない。前に進むと決めたのだから。

アンテスでの新たな暮らしを思い描きながら、出発の準備を始めた。

東の空からの太陽の光を受けて、白亜のベルハイム城が輝いて見える。

この景色も今日で見納めかと思うと少しだけ寂しい。

屋敷の玄関前には、アンテス家の紋章が付いた大きな馬車が用意されていて、その近くには護衛の騎士たちが控えていた。

少し離れたところにはひと回り小さな馬車と、荷馬車が停まっている。

「晴れてよかったわね。出発の日が雨じゃ気分が沈んでしまうもの」

私の隣で朗らかな声をあげたのは、ベルハイム王家の第二王女、エステル姫。アレクセイ様の異母妹で、私の兄の婚約者。そして大切な親友でもある。

アレクセイ様と同じ黄金の髪に青い瞳。エステルの大きな瞳はアレクセイ様より少し明るく、晴れ渡った空のようだ。

もともとこの馬車はエステルがお兄様に会いにアンテスに行くために用意をしていたもの。急遽領地に帰ることになった私は、ちょうどいいと便乗をお願いした。

「ついにアンテス領へ行けるのね。楽しみすぎて、昨日はよく眠れなかったわ！」

エステルが輝くような笑顔で言う。以前からお兄様の育ったアンテス領に行ってみたいと言っていたから、夢が叶ってうれしいのだろう。でもきっと一番楽しみなのは、お兄様と再会できることだ。

私とエステルはアンテス家の紋章入りの馬車に乗り込んだ。

「ラウラが一緒でよかったわ。ひとりじゃ少し心細いもの」

「エステルにとってアンテス領は未知の場所だものね」

エステルはベルハイムの王都から出たことが一度もないそうだから、王都とはまったく雰囲気の違うアンテスの街を見たらきっと驚くだろう。

「ラウラがいるから心配してないわ。でも、アレクお兄様は怒っているでしょうね。

アンテス領は遠いから、ラウラとはしばらく会えなくなってしまうもの」

申し訳なさそうなその声に、まだエステルに婚約解消したことを言っていなかったと気がついた。

「それはないわ。いずれ噂になると思うけど、アレクセイ様と私の婚約は解消となったの」

「えっ？」

エステルはピタリと動きを止め、それから少しの沈黙の後、身を乗り出し私の肩を掴んできた。

「嘘でしょ？　どうして？　いつ？」

「あ、危ないからそんなに興奮しないで」

速度を上げている馬車の中で暴れては怪我をしてしまう。

エステルになにかあったらお兄様がどれほど怒るか……。想像して身震いした私に、エステルは畳みかけてくる。

「ぼんやりしてないでちゃんと答えて！　……ねえ、婚約解消したのは私とレオンの結婚のせいなの？」

「違うわ。私たちの婚約解消と、お兄様とエステルの結婚はなんの関係もないわ。私が望んで決めたことで、昨日国王陛下の許可もいただいたわ」

本当はまったくの無関係ではないけれど。

私がアレクセイ様との婚約を解消できたのは、お兄様とエステルの結婚が決まったから。

ふたりは私とアレクセイ様とは違って、お互い愛し合って結婚を決めた。

でもふたりが出会った頃アレクセイ様と私はすでに婚約していたので、その恋を成就させるのはとても困難だった。

ベルムバッハ王家はアンテス辺境伯家との縁を強く望んでいたけれど、王子と王女ふたり共がアンテス家と婚姻する必要はなかった。

それならばアレクセイ様と私の婚約を解消すれば済む話だけれど、エステルとアレクセイ様は異母兄妹で、エステルのお母様はアレクセイ様のお母様とは違って庶民の出身。有力貴族のうしろ盾もないことからアンテス家との政略結婚に向いていなかったのだ。

周りからは、正当な出自の第二王子アレクセイ様とアンテス家長女の私との婚姻が望まれていて、お兄様とエステルの結婚の許可はなかなか下りなかった。

でもお兄様は逆境の中、誠実に懸命に粘り強く、時には少し強引な手を使って王族や高位貴族の了承を得ていき、晴れてエステルと正式な婚約者となったのだ。

私とアレクセイ様の婚約もそのまま継続となったけれど、解消するのも不可能ではない状況だった。

「私たちの婚約が原因じゃないなら、どうして婚約解消したの？」

なぜかエステルが泣きそうな顔をして言う。

「私のワガママ。アレクセイ様と結婚しなくてもよくなったんだと思ったら、婚約解消したくなったの。王都の暮らしも私には合わないし、これからはアンテス領でのんびり過ごしたいと思って」

「のんびりって……よくお父様とお兄様が許したわね」

国王陛下は分からないけれど、アレクセイ様は今頃喜んでいるだろう。

エステルには私とアレクセイ様の冷え切った関係について話したわけではないから、想像つかないのは無理もないけど。

「……ラウラの意志なら仕方ないけど、でもこれからどうするの？　お兄様との婚約は貴族なら誰もが知っているから、その……」

いつもはきはきとしているエステルが珍しく言葉を濁す。言いたいことは分かるので、私が代わりに言う。

「この先、私が良家のご子息と結婚するのは難しくなったわ」

王子と婚約解消した私と結婚してくれるなんていう貴重な貴族は、これから先なかなか現れないだろう。

高位貴族になればなるほど経歴に傷のない清らかな令嬢を好むもの。自分を傷物だなんて思っていないけれど、世間の目とはそういうものなのだから仕方ない。

「分かっているのならどうして？」

エステルは悲しそうな目を向けてくる。

私の貴族令嬢としての未来を心配してくれているのだろう。

「いつか私にもお互いを大切にできるような相手が現れると信じているから。エステルとお兄様みたいにね。その相手は貴族ではないかもしれないけど、でも私はきっと今より幸せになれると思うの」

アンテス領での新しい暮らしにはきっと幸せが待っている。

笑顔の私につられたのか、エステルも笑顔になった。

「ふふ、ラウラったら……。それじゃあ私が嫁いでからもアンテス城で一緒に暮らせるわね、楽しみだわ」

「そうね。でも新婚さんの邪魔はしないわ。私はお城ではなくてアンテス家の別宅に住もうと思っているから」

「ええ？　いいじゃない、一緒にお城で暮らしましょうよ」

「正式にエステルが嫁いできたら、お邪魔するわ」

やんわり断るとエステルが首を傾げた。

「ずいぶん決心が固いのね。でもどうしてわざわざ城を出るの？」

「やりたいことがあるの」

「なに、なに？」

「……秘密」

「ええ？　どうして、教えてよ！」

エステルが頬を膨らまして詰め寄ってくる。

「そのうちね」

私たちは笑ってはしゃぎながらアンテス領への旅を楽しんだ。


護衛騎士たちに守られ、アンテスへの旅は順調に進んでいった。

王都を発ってから七日目には、ついにアンテス領の最南に位置するエンテの街が近づいてきた。

エンテは王都への街道沿いの重要な場所にあって、アンテス領の中でも城下町アーベルに次いで栄えている土地だ。

興味津々で馬車の窓の外を眺めていたエステルが驚きの声をあげた。

「レオン？　ねえラウラ、あそこにいるの、レオンよね？」

エステルがうれしそうに顔を輝かせている。

レオンハルトお兄様は、仕事があるからエステルを迎えに行くことができないと言っていたはずだけど……。

エンテの街の門に到着し、エステルが馬車から降りた途端、駆け寄ってきたお兄様がエステルを熱烈に抱きしめた。

「エステル！」

「レオン！　迎えに来てくれたの？」

再会の感動に浸っていたふたりは、しばらくして体を離した。私はその様子を見ながら馬車から降りる。

すると、ようやく私に気づいたお兄様。

「ラウラ、久しぶりだな。急に帰ってくるなんてどうしたんだよ？」

半年ぶりになる妹との再会には別段感動はないようで、普通に話しかけられた。

「お久しぶりです、お兄様。後日お父様から報告があると思いますけど、私はアンテスに正式に帰ることになりました。もう王都へは戻りません」

「は？」

お兄様は心底驚いたようで、大口を開ける。

「なんで？　アレクは承知したのか？　あいつは……いや、それより先にエステルを休ませないとな」

お兄様は途中で話を止めて、エステルと私に街の中に入るように促した。

お兄様のおかげで面倒な手続きも必要なく、すぐに街に入ることができた。

エンテの街は石畳の大通りに二階建ての建物がところ狭しと立ち並び、活気にあふれている。

建物の一階は商店になっていて、珍しい織物や新鮮な食べ物、かわいらしい置物など様々な商品が並び、行きかう人々の目を楽しませてくれる。

ベルハイムの王都のような優美な華やかさはないけれど、生き生きとしていて私はこの街をとても気に入っている。

エステルも同じみたいで、楽しそうに目を輝かせてあちらこちらを観察中だ。

お兄様は私たちを街の中心の大通り沿いにある大きな宿屋に連れて行く。

宿に着くと、すでに部屋が用意されているようで、最上階の広い部屋に案内された。

居間と寝室が別の造りになっていて、宿屋にしては内装に凝った贅沢な部屋だった。

きっとお兄様がエステルのために、この宿で一番いい部屋を手配したのだろう。

「長旅で疲れただろ？　まずはお茶でも飲めよ」

お兄様は温かいお茶をエステルに勧めてから、自分の分をがぶりとひと口で飲み干すと、私に視線を向けてきた。

「それで、ラウラはなんでアンテスに帰ってきたんだよ」

「詳細はお父様から説明があるかと思いますが、アレクセイ様と婚約解消したからです」

「なんでだ？　俺たちの結婚がアレクとラウラの婚約に影響を与えないように、俺は有り得ないほどの苦労をして話をまとめたんだぞ？　それなのに突然の婚約解消ってなんだよ！」

お兄様はエステルと同じことを気にしているみたいだ。

「婚約解消は私の意志です。お父様も承知してくださり、国王陛下にお話ししてくださったのです。陛下から許可が下りて、正式に婚約解消となりました」

「ラウラの意志？　アレクは納得してないだろ？」

お兄様とアレクセイ様は以前からお互い愛称で呼び合うぐらい親しい。そのせいか、お兄様はアレクセイ様の様子が気になるようだ。

「お前、アレクとちゃんと話し合ったのか？」

「いいえ。国王陛下の許可をいただきましたし、とくには……。最後に、『アンテスに帰るのでももう二度と会わない』とは言いましたけど」

私がそう言うと、お兄様はなぜか頭を抱えてしまった。どうしてお兄様がこんなに悩んでしまうのだろう？

「なんでアレクとの結婚が嫌になったんだよ、昔は仲がよかっただろ？　しかも話し合いもしないで一方的に婚約破棄だなんて、お前どれだけ身勝手なんだよ」

「たしかに話し合いはしていませんけど、アレクセイ様の方こそ婚約解消を望んでいました」

「は？　そんなわけないだろ？」

お兄様は思い切り眉をひそめた。

銀髪に、鋭い印象を与える紺紫の瞳。

鍛えられた身体に軍服を纏《まと》ったお兄様は、見た目は高位貴族の武官だけれど、口を開くと貴族らしさの欠片《かけら》もない。

「おい、聞いてるのか？」

「聞いています。でもアレクセイ様が私との婚約解消を望んでいたのは本当です。本人がはっきりとおっしゃったのですから」

「はっきりって？」

それまで黙っていたエステルが話に入ってきた。

これはエステルにも言ってなかったことなので驚いたのだろう。

嫌な思い出なのであまり言いたくないけれど、仕方がない。

「『デリアが婚約者だったらよかったのに！』と夜会のときに言われました」

「う、嘘？」

エステルが手で口もとを押さえてつぶやいた。

お兄様は動揺しながらも、確認するように言う。

「デリアってブラント公爵家の令嬢だよな？　……聞き間違いじゃないのか？」

「いえ。アレクセイ様はデリア様の腰を抱き寄せながら、ほかの令嬢もたくさんいる中ではっきりおっしゃいました」

ここまで言うと、さすがにお兄様もあきらめたみたいだ。遠い目をしてひとり言を言っている。

「あいつ……馬鹿だろ？」

なんのことか分からないけれど、エステルはお兄様に同意するようにコクコクとうなずいている。

私は立ち上がり、未だブツブツとつぶやいているお兄様とエステルに言った。

「少し街を歩いてきます。エステルはお兄様と過ごすでしょう？」

久しぶりに会ったのだから、ふたりきりになりたいだろう。

思った通りエステルは少し照れたようにうなずいた。

「護衛は付けろよ、日が暮れる前に戻れよ」

いつまでも私のことを子供扱いするお兄様に見送られ、私はエンテの街の散策に向かった。


エンテの街で一晩休んでから旅を再開した。

お兄様の駆る馬の先導で、馬車は快調に走り続ける。

王都を出て九日目の昼過ぎには、小高い山の上に建つアンテス城が見えてきた。

「エステル、アンテス城が見えてきたわ」

私が声をかけるよりも早く、窓の外の景色に釘付けだったエステルは子供のように瞳を輝かせていた。

「あんな山の上にお城があるなんてすごいわ！　周りの景色も……王都とはなにもかもが違うのね」

「そうね……」

エステルが言う通り、王都とアンテスはまったく違う。

強固な城壁で守られた王都は、整然とした街並みがとても綺麗で洗練されている。白亜の王宮は優美で、太陽の光を受けて美しく輝いている。

王都の近くには大きな河があり、水害に備えて河沿いには大きな堤防が造られている人の手で造られた都市だ。

一方で、アンテス城は小高い山の上に建つ、灰色の石造りの城。

優美さはないけれどとても堅牢な造りで、城からは城下町やそのさらに先の景色を見渡せる。

遥か遠くの北の海、南側の広い街道、西方に見えるのは頂上に雪をかぶった霊峰。

アンテスは豊かな自然に囲まれた美しい土地だ。

馬車は城に向けて緩やかな坂をゆっくり上っていく。

「ラウラ、向こうに湖が見えるわ！　湖面がキラキラしていてとても綺麗ね」

エステルがうっとりとため息を吐く。

アンテス城から少し西の平坦な土地に小さな湖がある。

青の水面と茶色い大地。背の高い緑の樹々。

その畔の小さな屋敷が、アンテス家の別宅。これから私が住もうと思っている屋敷だった。三年ぶりだけれど、昔の記憶通りの光景に私はホッと胸をなでおろした。


ほどなくして私たちはアンテス城へ到着した。

馬車はさらに速度を落として、大きな城門を通り抜ける。そして、そこから少し進んだ広場でゆっくりと止まった。

お兄様は恭《うやうや》しくエステルの手を取り、馬車から降りる手助けをすると城の中へとエスコートした。

薄情なお兄様は妹の手助けをするつもりはないようで、私には見向きもしない。

お兄様に期待をするのはあきらめ、私は自力で馬車から降りてお兄様とエステルの後を追いかける。

広場を抜け、城の外廊下に着いたとき、声をかけられた。

「ラウラ姫」

聞き覚えのある懐かしいその声に、私は誘われるように振り返る。

そこには、アンテス家の騎士の証である黒い軍服を着た若い男性の姿があった。

高い背丈にスラリと長い手足。炎のような赤色の髪に漆黒の意志の強そうな瞳の彼は、アンテス一と名高い騎士、リュシオン・カイザーだ。

「リュシオン！」

私はうれしくなってリュシオンに駆け寄った。

リュシオンは、年頃の令嬢らしくない振る舞いをする私を、苦笑いを浮かべて迎えた。

「ラウラ姫、お久しぶりです。王都よりお戻りになると聞き、我らアンテスの騎士一同お待ち申し上げておりました」

アンテスに戻るのは久しぶりだけれど、リュシオンと騎士たちは変わらず待っていてくれた。私はとてもうれしい気持ちになる。

「ただいま帰りました。迎えてくれてありがとう」

「北の棟に行かれるのですよね。お送りいたします」

リュシオンは、私をお母様の待つ部屋まで送ってくれるようだ。

しばらく並んで歩いていると、リュシオンが心配そうに私を見つめてきた。

「当分の間アンテスに滞在するご予定と聞きました。王都でなにか嫌なことでもありましたか?」

「ええ……アレクセイ様との婚約が解消になったの。だから戻ってきました」

「なぜ、そんなことに……」

リュシオンにとっては思いがけないことだったのか、いつも冷静な彼が動揺してひどく驚いた顔をしている。

「私から言い出したの。婚約解消が許される状況になったから、私にとってもアレクセイ様にとってもその方がいいと思って……。でもリュシオン、このことはあまり聞かないでね」

アレクセイ様の話はできればしたくはない。そんな気持ちが伝わったのかは分からないけれど、リュシオンは私の望み通りにしてくれた。

昔からお父様の護衛騎士として私たち家族の側にいてくれたリュシオンは、私のこともよく分かってくれている。

お母様の部屋の前まで送ってくれたリュシオンは、そのまま職務に戻って行った。

「ありがとう」

私は手を振ってリュシオンを見送り、部屋に入った。

その後、お母様による執拗な尋問が待っているなんて予想もせずに。


その夜、アンテス城ではエステルの歓迎の宴が開かれた。

他家の客は招いておらず、参加しているのは私たち家族と一部の上級騎士のみの、ごく内輪での宴席だ。

エステルは終始ご機嫌で濃い赤ワインを何度も口に運びながら、お母様と会話を楽しんでいる。ふたりは初対面だけど、すぐに意気投合したようだ。

八歳年下の妹グレーテも気さくで明るいエステルを大好きになった様子。

会話が一段落した頃には、ずいぶんとワインを飲んだようでエステルの頬は真っ赤になっていた。

「ねえラウラ」

「どうしたの？」

「王都を出たときから思っていたんだけど、そのネックレスはどうしたの？」

エステルの視線は私のルビーのネックレスに向けられている。

そう言えばアレクセイ様にも聞かれたっけ。

「おばあ様にいただいたの。お守りみたいなものよ」

とても大切なものだから大事にしまっていたのだけれど、婚約解消したときに気持ちがぶれないようにと願いをかけて、初めて身に着けた。

それから毎日着けていて、前向きになれるようにとお願いしている。

「おばあ様？」

「先の辺境伯夫人。三年前に亡くなって、今となっては形見の品なの。おばあ様は贅沢を好まなかったから高価なものではないけれど、私はとても気に入っているの」

辺境伯夫人として強く、母として優しいおばあ様をみんなはとても尊敬して慕っていた。もちろん私も。

「そう。とても大切なものなのね」

エステルの言葉に私は微笑んでうなずいた。

夜も更けたのに、広間は橙の灯りに照らされていて明るく、大勢の人で賑わっている。

みんな「お帰りなさい」と私に声をかけてくれる。
隣には大好きな親友のエステル。その隣にはエステルを愛しているお兄様。
エステルにべったりなお兄様を少しあきれた様子で眺めるお母様。
まだ子供なので宴には出られないグレーテは、今頃ふて腐れて寝ているだろう。
騎士の中心で穏やかに語らうリュシオンは、時々私に目を向けて笑いかけてくる。
ここには大切な人がたくさんいる。
アンテスに戻ってきてよかった。
私は心からそう思った。

第二章　恋心

アンテス城に戻って一週間。

私は湖の畔に建つ別宅へ移る準備を始めていた。今日は下見に出かける予定でいる。

同行者はエステルと、護衛役としてリュシオンと彼の部下三人。

城から別宅まではそれほど遠くないから、ゆっくりと朝食をとってから出発しても昼前には到着する。

「ねえ、別宅に住んでなにをするの？　なにかおもしろいものがあるの？」

一週間でアンテスの景色にも見慣れてきたのか、今日のエステルは外の景色に夢中にならず、私に話しかけてくる。

別宅が気になるようだ。

「特別なものはないわ。おじい様が亡くなってから、おばあ様がお住まいになっていただけなの」

私のお父様――、現在の辺境伯がアンテス家の当主になったとき、おばあ様はすぐに城を出た。

新しくアンテス城の女主人になるお母様に遠慮したのかもしれないけれど、もともと自由にのんびり暮らしたかったと本人は言っていた。

お父様が心配するのであまり遠くへは行けないから、手ごろな場所に屋敷を建てて気ままに楽しく暮らしていたのだ。

「自由に暮らせるなんて素敵ね。それでラウラはおばあ様が遺したお屋敷に住みたいのね？」

「おばあ様が亡くなった後、時々管理はしてもらっているの。でも人が住まないと家は傷みやすくなるでしょ。お父様に、おばあ様のお屋敷に住みたいと話したら少し渋ったけれど、最終的には許してもらえたの」

「辺境伯様が渋るのも分かるわ。王都から引き上げただけでなく、アンテス城からも出て別宅に引きこもってしまったら、本当に縁談がなくなってしまうもの」

私もそれはよく分かっているのでうなずいた。

「お父様は私に政略結婚させることはもうあきらめているようよ。でもこの先もずっと独身でいるのは問題だとも思っているようだったわ」

「そりゃそうよ」

「私は気にしていないのに」

「少しは気にしなさいよ！」

エステルが勢いよく言う。

楽しくおしゃべりを続けていると、気がつけば馬車はおばあ様の別宅に到着していた。

リュシオンが馬車の扉を開けてくれた。

彼は騎士の礼に則《のっと》り、まずはエステルをエスコートする。

でもお兄様と違って私のことも忘れない。エステルの後にちゃんと私にも手を貸し
てくれた。

「お疲れになっていませんか？」

「大丈夫。リュシオンたちは問題ない？」

「部下も私も大丈夫ですよ」

リュシオンは穏やかに微笑んでくれる。

彼は戦場に出れば敵国の将軍も恐れさせるほどの強さを持つアンテス最強の騎士だ
から、これぐらいで疲れることはないのだろう。

馬車の到着に気づいたのか、使用人たちが出迎えてくれた。

おばあ様のいた頃から屋敷に勤めていた人たちで、私とも顔なじみだ。

「ラウラお嬢様、お帰りなさいませ」

「ただいま。またよろしくお願いします。こちらはお兄様の婚約者のエステル王女です」

事前に連絡はしていたのでみんな驚きはしなかったけれど、王女の御前《ごぜん》に緊張している様子で深く頭を下げた。

反対に、エステルは気さくな笑顔で言った。

「頭を上げてください。今日はラウラの親友としてこちらに遊びに来ているのだから気楽にしてくださいね」

見た目は王女そのものなのに気取ったところがないエステルは、ここでも人々の心を掴んでいた。

正式な結婚をしたら次期辺境伯夫人になるのだから、使用人のみんなとうまくやっていくことはとても大切だけれど、エステルなら問題なさそうだ。

「王女様、ラウラお嬢様、ご案内いたします」

おばあ様が存命の頃から、屋敷の全般の管理をしてくれているデニスが案内をしてくれた。

両開きの玄関の先にはホールがあり、王都にある貴族の屋敷に比べると広くはないけれど、温かみのある木の色の調度品が配置され、掃除が行き届いていて居心地のいい空間になっている。

私が暮らすようになったら、おばあ様がいた頃の様にたくさんの花を飾ろう。

一階には食堂と居間と応接室。それから住み込みの使用人の部屋。二階には寝室と客室がある。

私は、ホールの階段から上った二階の湖に面した部屋を自分の部屋として使うことにした。

家具などは最低限必要なものをアンテスの城から運びこみ、それ以外は気に入ったものをじっくり選んで揃えていこうと思っている。

自分の部屋には育てた花を飾りたい。窓辺に鉢植えを並べたら素敵そう。想像しながら窓に近づく。そして庭を見下ろすとそこは辺り一面の茶色い地面。以前はおばあ様が育てた花がたくさん咲いていたのだけれど、すっかり枯れてしまったようだ。

それから、エステルと庭や湖を散策した。

「ここにも花を植えてみようかな」

そうつぶやくとエステルが怪訝な顔をした。

「ラウラが？」

「おばあ様が花を育てるのが好きだったから、その影響で私も好きなの」

さすがに王都ではやらなかったけれど。

第二王子の婚約者としては相応しくない趣味だし、白い肌が美しいとされているため、日焼けも厳禁だったから。

私はアレクセイ様に少しでも美しいと思われたくて、外にも出ず部屋に閉じこもってばかりいた。

あの頃の自分を思い出すとなんとも言えない気持ちになる。

そんな気持ちを切り替えようと、あえて明るく言った。

「ここに引っ越して来たら少しずつ花を育てて昔みたいな花にあふれた庭を造るつもり。あとそれ以外に、もうひとつやりたいことがあるの」

「なに？」

「刺繍よ。ここでたくさんの作品を作りたいわ」

王都でひたすらアレクセイ様に気を使い引きこもっていた頃、ほかにすることがなく毎日刺繍をして時間をつぶしていた。

そんなうしろ向きなことがきっかけだったけれど、いつの間にかのめり込んでしまい、今では大好きな趣味となっている。

好きな刺繍をしたり、花を育てたり……私にとってはとても幸せな暮らしになりそう。

「なんだか……いろいろ考えているのね、結婚以外で」

エステルがしみじみと言う。

「そうね、夢が広がるわ」

「いいわね、でも結婚についても少しは考えたらどうかしら？」

「王都にいるときに嫌になるくらい考えたから、しばらくは忘れていたいの」

「でもあまり時間はないわよ、私たちはもういつ結婚してもおかしくない年よ？」

「分かってるわ。でも気が乗らないのに無理にしたくはないの。それで結婚できなくなったとしても仕方がないわ」

「……もう！　私は心配しているのよ？」

「分かってる、ありがとうね」

エステルは納得できないようだったけれど最終的には、「ラウラが決めたことなら応援するわ」と言ってくれた。

日々はあっという間に過ぎ去り、エステルが王都へ帰る日となった。

お兄様も一緒に王都へ行くので帰りの道中の心配はないけれど、エステルはとても名残惜しそうにしている。

「ラウラ、寂しくなるわ」

「私も。でも半年後にはお嫁入りでしょう？　また会えるわ」

「そうね、でも半年が長く感じられるわ。私すっかりアンテスが気に入ってしまったから」

エステルはアンテス城と、四方の風景をぐるりと眺めながら言う。

お兄様に連れて行ってもらった霊峰も海もとても素晴らしく、感動で言葉が出なかったと、それはうれしそうにお土産話で語ってくれたのだ。

これから暮らすアンテスを気に入ってくれて本当によかった。

「エステル、お兄様、行ってらっしゃい！」

私は、馬車へ乗り込んだエステルとお兄様を見送った。

半年後の再会を楽しみにして。

しばらくその場で小さくなっていく馬車を見送っていると、リュシオンが迎えに来てくれた。

「ラウラ姫、支度が整いました」

「ありがとう。すぐ行きます」

広場には、エステルたちを乗せた馬車よりひと回り小さな馬車が用意されていた。

これは私が別宅へ向かうための馬車。

私も、今日城を出ようと決めていたのだ。

「お姉様、本当に行ってしまうの？」

馬車の前に佇んでいた妹のグレーテが寂しそうに言う。

「グレーテ。湖のお屋敷まではすぐよ。今度リュシオンに連れてきてもらうといいわ。綺麗なお花を見せてあげるから」

「お花？」

「そう。アンテス城にはあまり咲いていないけど、グレーテはお花が好きでしょう？」

「はい大好きです！　絶対行くから、約束よ。お姉様！」

さっきまで不安で泣きそうな顔をしていたグレーテが、ぱあっと輝く様な笑顔になった。

アンテス城は実用的な造りで、王都の屋敷のように華美な庭園はない。

グレーテは綺麗なものが大好きだから、城では珍しい色鮮やかな花畑を見るのが楽しみなんだろう。

小さな手と指きりをしていると、渋い顔をしたお母様がやって来た。

「あなたは一度言い出すと聞かないのだから……。勝手に婚約解消したと思ったら今度は別宅に引きこもって……。あなたはもう十八歳なのですよ？　自覚があるのですか？」

お母様は私に対する不満を延々と並べていく。高位貴族の令嬢として生まれ育ったお母様はとても貴族らしい考え方の女性なので、私の今の状況が受け入れられないのだ。

「ごめんなさい、お母様。でも私は大丈夫ですから」

そう言うとお母様は泣きそうな表情になりながらも、強い口調で言った。

「あなたの結婚相手は私が探しておきます。今後は婚約解消なんて許しませんよ！」

私は聞こえなかったふりをして、ドレスのスカートを摘んで令嬢らしく礼をした。

「お母様、グレーテ、行って参ります」

まだまだ言い足りなそうなお母様と、元気に手を振るグレーテを残して馬車は進んでいく。

私は遠ざかるふたりに大きく手を振った。家族と離れる寂しさと、新しい生活への希望を感じながら。

湖の屋敷に着いてすぐ、ひとりで湖畔を歩いてみた。

屋敷から湖へ続く道は今では殺風景になってしまったけれど、昔は色鮮やかな花が咲き乱れていた。

懐かしく思って眺めていると、過去の記憶が蘇ってくる——。

『ここがおばあ様の家よ。見て、たくさんのお花が綺麗に咲いているでしょう?』

初夏の爽やかな日差しの中、咲き乱れる花々の間の小道を歩きながら、私は弾む声を出した。

『あっ、向こうに青い花があるわ!』

珍しい青い花を見つけて走り出した私を呼び止める声がした。

『ラウラ待て! 走ったら危ない』

振り返った先に見えるのは黄金の煌めき。

記憶の中の姿より背が高くなったアレクセイ様が、慌てた様子で駆け寄って来る。

立ち止まった私の目の前まで来たアレクセイ様は、あたり前の様に手を繋いできた。

その手は力強いけれど、以前と同様に温かい。

王都で別れてから七年後、私は公務でアンテス城を訪れたアレクセイ様と再会した。
私は十四歳に、アレクセイ様は十五歳になっていた。
アレクセイ様は思い出の中の彼より、ずっと背が高く身体つきも逞しくなっていた。
でも黄金の髪と海のような青い瞳と、それから大好きな優しい笑顔は昔のままで、
私は安心して昔のように駆け寄った。

アレクセイ様はアンテス滞在中、お父様たちと視察へ出かけたりと忙しそうにしていたけれど、時々私とも過ごしてくれた。

『昨日雨が降ったから道が滑りやすくなっているんだぞ？　向こうの花壇に行くのはもっと地面が乾いてからがいい』

『大丈夫。慣れてますから！』

アレクセイ様の制止を聞かずに進もうとした私は、注意されたようにずるりと足を滑らせてしまった。

『あっ！』

その場で転びそうになった私を強い力が支えてくれる。もちろんアレクセイ様の腕

だ。

『ほら、言った側から』

苦笑いのような声と共に、うしろからしっかりと腰を支えられ、身体ごとアレクセイ様に引き寄せられる。

背中に感じるアレク様の胸は固く逞しく、昔じゃれ合っていた頃とは全然違っていた。

大きな身体は私が寄りかかっても、びくともしない。

アレクセイ様はもう大人の男なのだ。

そう意識すると、急に緊張してきたのか心臓がドキドキと忙しなく動き始めて、苦しくなった。

『ラウラ、どうした？』

『あ、あの……』

なんと言えばいいのか分からず困っていると、アレクセイ様はその強い力で私の身体をグルリと反転させた。

『！　……アレク様』

間近で急に顔を合わせることになってしまい、私は慌ててうつむいた。

ドキドキして顔が熱くなっている。こんな顔をしていたらアレクセイ様に絶対におかしいって思われる。

『ラウラ』

アレクセイ様の声に恐る恐る顔を上げると、視線が重なり合う。

瞬きもできない私の唇にアレクセイ様の唇がそっと重なった。

それは本当に短い間の出来事。

唇はすぐに離れて、私はぱちぱちと瞬きをした。

サワサワと風で花が揺れる音が聞こえてきた。遠くで鳥の鳴く声もしている。

私の背中にアレクセイ様の腕がそっと回ってきた。そして、

『ラウラ』

アレクセイ様の優しい声が聞こえてくる。

初めてのキスはあまりにも突然で、混乱してしまった。でもそんな中、気がついた。

これが恋する気持ちなんだと。

それがとてもうれしくて、私はアレクセイ様の胸もとをしっかりと掴んで寄り添った。

あの頃のアレクセイ様はまだ優しくて、私に笑顔を見せてくれていた。

変わってしまったのは、それから一年後、私が社交界デビューのために王都へ出向いた十五歳のとき。

お父様と共に挨拶にうかがったその場で、アレクセイ様は私を拒絶した。

でも、当時の私は気づかなかったけれど、変化はそれよりも前から起きていたのだと思う。

アレクセイ様が王都へ戻った後、幼い頃から続けていた手紙のやり取りがだんだんと減っていったから。

アンテスで再会したときに、私を嫌いになったのかもしれない。

理由は今でも分からないけれど、私にとって思い出にあふれたあの初夏の幸せな日々は、アレクセイ様にとっては思い出したくもない日々なのかもしれない。

アレクセイ様と別れてこんなに遠くに離れても、時々悲しくてどうしようもない気持ちに襲われる。

この痛みはいつ消えるのだろう。

殺風景になってしまった花畑を眺めながら、私はぼんやりとそんなことを考えていた。

第三章　半年後

アンテス領へ戻り、湖の屋敷で暮らし始めてから半年が経った。

少しずつ手入れをしている庭には、美しい花々が咲いている。

赤、橙、黄色。比較的丈夫な種類の花の苗を取り寄せて、屋敷で働く家人に手伝ってもらいながら植えていったものだ。

綺麗に景色を変えていく庭を見るとうれしくなる。

湖への道中をたくさんの花で飾るのにはまだ時間がかかりそうだけれど、毎日がとても楽しかった。

刺繍も順調に作品が増えてきている。なかなかよい出来で、早速グレーテに贈ると、とても喜んでくれたみたいだ。

好きなことをして過ごし、周りは優しい人ばかり。この頃では王都での日々を思い出すこともほとんどなかった。

今日も、つばの広い帽子をしっかりとかぶり、中庭に出て花の手入れを始めた。

帽子が少し邪魔だけれど、日焼けはするなとお母様から厳命されているので仕方がない。

　お母様は私の結婚をまだあきらめていないらしく、いろいろな伝手を使い、相手を探しているようだ。

　でもこの半年間、王子と婚約解消した私と結婚してもいいと言う人は現れなかったのだけれど。

　ここにいると王都の様子は伝わってこない。

　調べることは可能だけれど、私はあえて自分から知ろうとはしなかった。

　私たちの婚約解消がいつ発表されたのかも、アレクセイ様が今どうしているのかも。

　最後に会った夜会のときのことを思えば、公爵令嬢のデリア様と婚約したのかもしれない。けれどそれを知ったら心が乱れてしまいそうで、誰かに聞く気にはならなかったのだ。

　そんなふうに過ごしているうちにあっという間に月日は過ぎていった。

　一ヶ月後にはお兄様とエステルの結婚式が執り行われる。

　ふたりはまずは王都で結婚式をあげ、その後、アンテス城でお披露目の宴をする。

　私は王都での挙式には参列しないけれど、アンテス城での宴では精いっぱいのお祝いをしたいと思う。

無心になって花の手入れをしていると、頭上で声がした。

「ラウラ姫、こちらでしたか」

「リュシオン。どうしたの？　今日は来る日じゃなかったと思うけど……」

リュシオンは三日に一度、私の様子を見に来てくれる。

なにか困っていることがないか伺いに来てくれるのと、この屋敷の周辺警備をしている騎士たちを監督するためだ。

この辺りはアンテス城から近く、隣国との国境とも城を挟んで反対方向だからそれほど危険はない。けれどお父様は、おばあ様がいらっしゃったときから、周囲の警戒にと騎士を見回りに寄越してくれている。

その責任者がリュシオンなのだ。

でも彼は昨日来たばかりだから、今日はなにか別の用事があるのかもしれない。

私は立ち上がり、リュシオンを中庭に配置したテーブルセットへ案内した。

テーブルに着くと、アンナがお茶を運んできてくれた。

薔薇《ばら》の香りがするそのお茶はよく冷えていて、とてもおいしい。

ひと息つくと、私はリュシオンに声をかけた。

「それで、今日はどうしたの？」

「はい。本日はレオンハルト様の命令で参りました。ラウラ姫にお伝えすることがございます」

リュシオンはお茶には手を付けずに姿勢を正して言う。

「分かりました、話してください」

私もしっかりと聞いていることを伝えるために、居住まいを正す。

「先日、フェルザー領の新しい当主が決定いたしました」

「フェルザー領の？　……それはよい知らせね」

フェルザー領は、アンテス領の隣に位置する広い平野の領地。

有事の際はアンテスに続き、隣国との戦いに挑むことになる。敵国の王都侵攻を阻む第二の砦とも言えるとても重要な場所だ。

でも十一年前の隣国との戦いでフェルザー家の当主は戦死。

その直後不運なことに跡継ぎのご子息が病に倒れてしまい、もともと血縁者が少なかったフェルザー家の血筋は途絶えてしまったのだ。

重要な領地の当主不在は大問題で、すぐにフェルザー家の後継者が必要となったがなかなか適任者が見つからなかった。

フェルザー家を継げるほどの実力と身分を持つ者がいなかったからだ。

今は王家直轄領地となり、派遣された代官が領地の管理・運営を行っているけれど、みんなが新しい領主を待ちわびていた。

「お父様とお兄様もホッとしているでしょう？」

「はい、とくにレオンハルト様の喜びは大きいです」

「そんなに喜んでいるの？」

リュシオンは「はい」と真面目にうなずいたけれど、お兄様はエステルとの結婚で浮かれて、はしゃいでいるだけのような気もする。

「ええと、それでお兄様は私になぜそのことを？」

アンテス家としては喜ばしい話でも、リュシオンを急ぎの使いに出してまで、政治に関わりのない私に知らせる話ではない。

私の問いに、リュシオンが顔を曇らせた。その様子を見る限り、あまりよくない話のようだ。

私は覚悟を決めてリュシオンを見つめた。

「……フェルザー公爵が、アンテスへご来訪になります。名目はレオンハルト様の結婚の宴に参加するためで、しばらく滞在されるようです」

「そう。アンテス家としては、フェルザー家とは友好関係を築いていかなくてはならないのだから、よいことなんでしょうね」

そう言うと、リュシオンの表情がますます浮かないものになった。

「どうしたの？」

リュシオンは小さく息を吐いた。

「ここからが一番重要な話になります。……フェルザー公爵とラウラ姫の婚約の話が出ています。フェルザー公爵との顔合わせを行うのでラウラ姫にはその心づもりでいるようにと」

え？　婚約？　この私が？

「ど、どうして私が？」

「アンテス家の令嬢とフェルザー公爵の婚姻ですから、政略的なものかと思います」

思わずつぶやいたひとり言に、リュシオンは律儀に答えてくれた。

「政略的……」

「ご準備もあるでしょうから、早々に城に戻るようにとのご命令です」

「準備って……結婚をするための準備ってこと？」

青ざめる私に、リュシオンが心配そうに顔を曇らせる。

「ラウラ姫、この縁談は気が進まないのですか？」

「……ええ」

「第二王子殿下との婚約のときは、そのようなことはおっしゃっていませんでしたね」

「あのときはアレクセイ様と結婚したいと思っていたから……。でも、今は……」

「……そうですか。申し訳ありませんでした。立ち入ったことをうかがいました」

動揺する私を、リュシオンは悲しそうに見つめている。

きっと私の未来が予想できるのだろう。

嫌だと言っても私はフェルザー公爵へ嫁ぐことになり、この屋敷からも離れなくてはならなくなる。

絶望が襲ってきて、私はがくりと項垂れた。

リュシオンは伝言を終えると、私の様子を心配しながらアンテス城へ帰っていった。

先のことを考えると憂鬱な気持ちが込み上げてくる。

私は、アンナにフェルザー公爵の情報を集めるように指示をした。

噂話でもかまわないからフェルザー公爵の情報が欲しい。だって私は公爵のことをなにも知らないのだから。

落ち着かない気持ちで二日が過ぎ、ようやくアンナが報告を上げてくれた。

「フェルザー公爵は謎の人物のようです」

「え、それだけなの?」

「はい。これが調査の結果です」

アンナ曰く、フェルザー公爵の正体は謎に包まれているそうだ。と言うのも、フェルザー公爵は国王陛下に新公爵に任命された後も王都に留まり続け、自分の領地を訪れたことが未だにないから。

通常、国王陛下の命令を受けたらすぐに新しい領地へ赴任するはずだ。それなのに、なぜ新公爵は王都に留まったままなのだろう……。理由は想像もつかないけれど、そんな事情からフェルザー公爵の人となりについての情報は、公に出ていないようだ。

ただ、お母様はこの婚約話をとても喜んでいるらしい。

結局たいした情報は得られず、私は深いため息を吐いた。

結婚なんて今はまだ考えられない。

貴族として生まれた以上は、領地のため、家のために嫁ぐ。それは義務であり政略結婚などあたり前だと頭では分かっているのだけれど、気持ちが追いつかない。

アレクセイ様と婚約していたときの私には、その意識がなかった。彼との結婚は、好きな人に嫁ぐのであって少しも無理をせず、とても幸せだと感じてたから。

でもそれは普通でもなんでもなく、とても希少だったのだと今更ながら気が付いた。

私はとても幸せ者だったのだ。


それから、一ヶ月はあっという間に過ぎた。

今日は、王都でお兄様とエステルの結婚式。

お母様とグレーテはリュシオンの護衛で、半月前に王都へ発っていた。結婚式に参列し、帰りは王都で合流したお父様と一緒に戻る予定でいる。

お兄様とエステルは、挙式後お世話になった方たちへの挨拶回りなどのために、数日を王都の屋敷で過ごし、それから馬車でアンテスへ戻って来るそうだ。

私はエステルを迎える準備とフェルザー公爵との対面に備え、一時的に住まいをアンテス城へと移していた。

今はお母様不在の城の管理と、宴席の準備。それから自分自身の支度などで、目が回るほど忙しく過ごしている。

結婚祝いの宴席には近隣領地の貴族やアンテス領内の名家を招待しているため、準備を怠ることはできない。

合間を見つけて自分の支度もする。

フェルザー公爵との対面用のドレスを作るため、城にアンテス一のデザイナーと評判のマダム・ベルダを招いた。

応接間に、彼女の持ち込んだたくさんの見本生地を並べる。

同席しているアンナは、色とりどりの絹やレースを前にうっとりとした表情だ。

「この青色の生地はお嬢様の銀髪が映えそうでいいですよね。あっ、でもこちらの淡い紫もお嬢様の菫色の瞳に合いそうです。それにこちらのレースもとても綺麗……決断しかねますね」

「そうね……」

私はうなずくと、目についた見本生地を手に取った。

薄紅色のその生地は艶やかな光沢がありながら、派手すぎることなく上品な印象だ。

今まで選ばなかった色だけれど、お守りにしているルビーのネックレスに似合いそう。

すると、それまでにこやかに私たちのやり取りを見守っていたマダム・ベルダが発言した。

「その生地はラウラ様にとてもお似合いです。私からも推薦させていただきます」

「そう……あなたの推薦なら間違いないわ。ではこれと、アンナが選んだ青色の生地を頼みます。どちらもドレスのデザインは任せるけれど、あまり華美にはならないようにお願いします」

お兄様たちのお祝いの席用と、フェルザー公爵との対面用は揃った。あとは王都で作ったドレスもあるので、衣装については問題なさそうだ。


そうして着々と準備を進めていたある日、お父様の側近で留守を任せられているコンラートが慌てた様子で私のもとにやって来た。

そのとき私は結婚祝いの招待客のバーレ子爵夫人と、アドルフ男爵夫人が諍いを起こしたとの噂を聞き、席次の変更を検討しているところだった。

「ラウラ様、フェルザー公爵が明日この城へ来ると先触れが参りました」

「え？　……明日って……どういうこと？」

「使者曰く、公爵は明日にはアンテス城にお着きになり、ラウラ様へ即時の面会を希望されているとのことです」

明日だなんて、どうして？　いくらなんでも急すぎる。

「ラウラ様？」

コンラートが戸惑った様子で私の言葉を待っているのに気づき、急いで指示を出した。

「とにかく急いでフェルザー公爵様をお迎えする支度をしなくては。部屋は予定していたところを使っていただいて。警備のみんなにも連絡を」

「承知いたしました」

コンラートは私に礼をすると、慌ただしく部屋を出て行った。

考えたいことはたくさんあるけれど、そんな暇はない。

私自身の準備もしなくては。

それにしても、フェルザー公爵はなぜこんなに早く来るのだろう。

ほかの招待客は、お兄様たちがアンテスに戻った後、お祝いの宴の前に来る方がほとんどだと思う。

初対面のフェルザー公爵を、お父様たちの帰る日までとはいえ、私ひとりで迎えるなんて……。

不安のままそれでも時間は過ぎ、遂にフェルザー新公爵との対面のときが訪れた。

アンテス城の玄関ホールでフェルザー公爵を出迎える。

迎えに出ているのは、私とコンラートだ。

新しく仕立てた、マダム・ベルダ会心の出来の薄紅色のドレスは肩を見せるデザインで、袖とスカート部分をオーガンジーでふんわりとやわらかな印象に仕上げてある。大きく開いた襟もとに、ルビーのネックレスがよく似合う。

髪はハーフアップにし、ネックレスに合わせたルビーの髪飾りをする。

朝から時間をかけて支度をしたおかげで、辺境伯家の長女に相応しい装いになった。

準備は整ったが、待っている時間は長く感じられ、いろいろ考えると不安な気持ちになってしまう。

今ここに、アンテス家の者は私ひとり。頼りのリュシオンもいない。

国王陛下からフェルザー公爵家当主の位を任せられるほどの方と、私が対等に話すことなんてできるのだろうか。

だいたい、未婚の貴族の娘がこんなふうに婚約者候補をひとりで出迎えるなんて聞いたことがない。

頭の中でぐるぐると考えていると、急に外が騒がしくなってきた。

フェルザー公爵が到着したようだ。

緊張が一気に高まり、私は背筋をピンと伸ばした。

不安でいっぱいだけど、せめて見た目は堂々とした令嬢に見えるようにと。

大きな扉が開かれ、高位騎士の案内でフェルザー公爵が姿を現す……はずだった。

けれど私の視界に飛び込んできたのは、予想もしなかった黄金の煌めき。

磨き抜かれた大理石の床を颯爽と歩いてくるのは、ここにいるはずのない、ベルハイム第二王子殿下――アレクセイ様だった。

信じられない光景に、私は礼をするのも忘れてただ呆然と立ち尽くすことしかできないでいた。

アレクセイ様は私から少し距離を置いて立ち止まった。

この状況を理解できないし、受け入れられない。

まるで彫刻のように微動だにしない私に痺れを切らしたのか、アレクセイ様の方から声をかけてきた。

「出迎えの挨拶もないのか？」

非難するように言われ、ビクリと身体が震えた。

アレクセイ様とはもう半年以上も顔を合わせていない。

でも私に対する態度は以前と変わらず冷たく素っ気ないままで、私に対する嫌悪感は、婚約解消をした今でも消えることはないようだった。

冷ややかな態度に胸が痛くなる。

アレクセイ様への恋心も執着も捨てたはずなのに……まだ割り切れていない自分の

弱さが情けなくて、涙が出そうになる。そんな気持ちを必死に切り替え、アレクセイ様に礼をした。

「ご挨拶が遅れてしまい申し訳ありませんでした。アレクセイ様……いえ、王子殿下がいらっしゃるとは存じ上げませんでしたので、大変失礼をいたしました」

なんとか言葉を紡ぎながらも、心臓がうるさく脈打つのは止められなかった。

アレクセイ様がなぜ今ここにいるのかが、まったく分からない。

「今日到着すると使者を出したはずだが」

「え……」

今日到着すると知らせがあったのはアレクセイ様ではなく、フェルザー公爵のはず。

そう考えた次の瞬間、頭の中でひとつの考えが浮かんだ。でも、まさかそんな……。

考え込んで黙ったままの私に代わり、一歩うしろで控えていたコンラートがアレクセイ様に言った。

「フェルザー公爵閣下、遠路はるばるお運びいただき拝謝いたします。我らアンテスの民一同心より歓迎の意を申し上げます」

コンラートの言葉は衝撃だったけれど、私が予想した通りだった。

新しいフェルザー公爵はアレクセイ様だったんだ……。

なぜアレクセイ様が王都から離れた領地の当主になったのか、分からない。

王族であるアレクセイ様なら、貴族の最高位である公爵位に就いてもなんの問題もないし、王位を継がない王子殿下が、爵位を賜り臣籍に下ることはベルハイム国では珍しくはないけれど……。

でも、私にとってはこの場で倒れてしまいそうなほど衝撃的な事実だった。


コンラートの先導で、私たちは応接間へ向かった。

城の一階中庭に面したこの応接間は、アンテス城の中で最も華やかで贅を尽くした一室だ。

乳白色の壁に映える大きなシャンデリア。

白と金を基調としたソファー。

金細工の調度品に、ところどころに飾った鮮やかな赤い花。

ここで、コンラート同席のもと初対面のフェルザー公爵と穏やかに対話をする予定だった。

でも、現実は穏やかとはほど遠い、呼吸すら難しく感じられるほどの緊張感の中で、私はフェルザー公爵であるアレクセイ様と向き合うことになってしまった。

こんな状況で、会話などできるわけがない。

さらに困ったことに、アレクセイ様はコンラートに部屋を出るように命令した。

「公爵閣下、お言葉ですが……」

貴族の令嬢が男性とふたりきりで部屋で過ごすことはマナー違反になるため、コンラートはアレクセイ様に反論しかける。

けれどアレクセイ様はそれを許さず、応接間の扉を完全には閉じない条件は呑んだものの、コンラートを部屋から追い出してしまった。

あまりにも心細くなった私は、誤魔化すように早口に言った。

「お茶が冷めてしまいましたので淹れ直します」

動いていたほうが、この居たたまれない時間をやり過ごせる気がしたからだ。

ところが、アレクセイ様は立ち上がろうとする私を止める。

「話がある」

少しの親しみも感じられない、緊張を孕んだ声。

「……はい」

臣籍に降りたとはいえ、公爵位のアレクセイ様の身分は私よりも上。

従わないわけにはいかず、私は言われた通り椅子に座り直した。

アレクセイ様の言葉をただじっと黙って待つけれど、なかなか声を発してくれない。

どうしたのか様子をうかがっていると、アレクセイ様の視線が私の首もとに向けられていることに気が付いた。

「……そのネックレスは、最後に会った夜会でも着けていたな」

「はい」

そう言えば、あのときもアレクセイ様はこのルビーのネックレスを気にしていた。

「このネックレスがどうかしましたか？」

アレクセイ様はそれに対して返事をくれなかった。苛立った様子で眉間にシワを寄せて、話を変える。

「先日、国王陛下よりフェルザー公爵の位を賜った」

「はい」

臣籍に降り身分が下がったわけだから、公爵の位を賜ったといっても〝おめでとうございます〟と言っていいものか迷ってしまう。だから、簡単に相づちを打つに留めた。

フェルザー公爵の位はアレクセイ様が望んだことだったのか、私にはその心が分からない。

「レオンから話は聞いているな？」

アレクセイ様は少し目を細めて挑むように私を見ている。私の動向を見逃さないとでも言うような、隙のない眼差しだ。

私はなんと返事をすればいいのか困ってしまう。

「ずいぶんと嫌そうな顔だな」

アレクセイ様がまた皮肉な笑い顔になるので、私は慌てて弁解した。

「申し訳ございません。そんなつもりではないのですが、あまりに思いがけないことで……うまく言葉が出ずご無礼をいたしました」

深く頭を下げて謝罪したけれど、アレクセイ様の機嫌が直る気配はなかった。

「お前がどう思っていようが、この婚約はもう決まったことだからあきらめるんだ」

そう語るアレクセイ様の顔こそ、この婚約が嫌だと言っている。

嫌いだった私と、政略的とはいえまた婚約をしなくてはならなくなったのだから無理もない。

でも本当にこのままでいいの？

あきらめて結婚してしまったら、私もアレクセイ様もきっと幸せにはなれない。お互い不幸になるだけだ。……そんなことは嫌だ。

私は勇気を振り絞り、アレクセイ様に告げた。

「この婚約を、なかったことにはできないのでしょうか？」

その瞬間、アレクセイ様の瞳に強い苛立ちが宿った。

でもここで怯んでいては駄目だ。私は自分を奮い立たせて続ける。

「アレクセイ様の妻に私が相応しくないと、もう充分に分かっていらっしゃると思います。このまま結婚してもお互いが不幸になるだけだと思うのです」

「相応しくないか……それで？」

アレクセイ様は依然として苛立っているけれど、それでも私の話を聞くつもりはあるみたいだ。

「隣国の侵攻に備えるために、フェルザー家とアンテス家が協力し合うのは必須で、この婚約が政略的に重要だということは分かっています」

アレクセイ様は意外そうに、片眉を上げた。

「アンテスに戻ってから隠居生活のような暮らしぶりだと聞いていたが、世間に疎くなったわけではないようだな」

「え……」

アレクセイ様はこの半年の私の様子を知っているのだろうか。私がフェルザー公爵の婚約者候補だから調べたの？

でも、そんなに前からこのお話があったというの？

「アンテス家の別宅に移り暮らしてはいましたが、必要なことはリュシオンが知らせてくれていましたから」

「ああ……お前の護衛をしている赤髪の騎士か」

「リュシオンは私の専属護衛騎士というわけではありませんが……。アレクセイ様と私が結婚しなくても、両家は良好な関係でいられると思います。アレクセイ様とお兄様は親しいし、アレクセイ様の妹姫エステルは次期アンテス辺境伯夫人ですから。アレクセイ様は、ご自分の愛する方を奥方様にお迎えすべきだと思います」

一気に言うと、アレクセイ様は視線を落として考え込む。

黙って返事を待っていると、アレクセイ様は顔を上げて私を見据えた。

「この婚約話がなくなったら、お前はどうするんだ？」

「……私ですか？」

アレクセイ様が私のことを気にするとは思わなかったから、少し驚いてしまう。

「私のことまで気にかけていただき、ありがとうございます。ですがアレクセイ様との婚約話がなくなっても大丈夫です」

一度決意したことだ。

私は湖の別宅で、これからも穏やかに暮らしていけばいい。

穏やかで優しかった半年の暮らしを思い出し、私はわずかに頬を緩めた。

その直後、アレクセイ様の低い声が響いた。

「俺と婚約解消をして嫁ぎ先のなくなったお前は、これ幸いとばかりに騎士の妻にでも納まるつもりか？」

「……アレクセイ様？」

突然なにを言っているのだろう。

騎士の妻って、なにか誤解しているの？

意味が分からず戸惑う私に、アレクセイ様が勝ち誇ったように言い放った。

「残念だがお前の思う通りにはならない。お前に俺との結婚を避ける術はないのだからな。あきらめろ」

「ですが……」

アレクセイ様はどうしてこんな簡単にあきらめてしまうのだろう。

昔、まだ私にも笑いかけてくれていた頃のアレクセイ様は、どんなことにも立ち向かう強い意志を持った人だった。

それなのに、今は不本意な結婚に大した抵抗もせず身を投じようとしている。

悲しい気持ちになりながらアレクセイ様はソファーから立ち上がると、私をじっと見下ろした。

アレクセイ様を見つめる。

「ラウラ、お前は俺と結婚するんだ」

そう宣言するアレクセイ様の瞳は、なぜだか私よりもたくさんの痛みと悲しみを抱えているように見えた。

部屋を出て行くそんなアレクセイ様に、私は声をかけることができなかった。


王都からお父様たちがお戻りになるまで、少なくてもあと五日はかかるはず。

その間、この城でアレクセイ様と過ごすと思うと気が重い。

湖の家に逃げ帰りたい。でもそんなわけにもいかないので、できるだけ顔を合わせないように過ごすしかない。

滞在中の世話役はコンラートに任せて、私は必要なときだけ顔を出すことにしよう。

それにしても、お父様はどうしてアレクセイ様との婚約を認めたのだろう。

私がアレクセイ様との婚約を解消したいと訴えたとき、気持ちを理解してくださったのに今さらどうして……。

それに王子から公爵へと立場が変わったと言っても、一度婚約破棄した相手と再度婚約をするなんて、国王陛下はお許しになるの？

ほかの貴族が聞いたらどう思うのか。アレクセイ様もアンテス家も笑い者になったりはしないのだろうか。

それに、デリア様との関係はどうなったのだろう。

ブラント公爵家は過去何度も王女が降嫁している名門の家で、家格だけで見るならアンテス家よりも上になる。彼女はアレクセイ様の妻として私以上に相応しい出自の令嬢だ。

けれどアレクセイ様は、デリア様との結婚はあきらめたようだ。

まさかとは思うけれど、デリア様にふられてしまったのだろうか。それで私との結婚を承諾するほど自棄になっている？

もしそうだとしたら、私はなんとしてもこの婚約を取りやめたい。

ベルハイム王国の貴族の離婚は、婚約解消よりも遥かに難しい。あとで正気になって嫌だと言っても取り返しがつかず、アレクセイ様は後悔するだろうから。

……あれこれ悩んでしまったけれど、アレクセイ様のことはいくら私が悩んで考えても仕方ない。

私の言葉をアレクセイ様が聞き入れてくれることはない。

私ができることは、お父様を説得してこの話をなかったことにすることだけ。

アンテスのためにもフェルザー公爵に嫁ぐべきだと思っていたけれど、相手がアレクセイ様と分かった今、話は変わってくるのだから。

私は急ぎコンラートとアンナを呼び出し、今後の対策を話し合うことにした。


アレクセイ様とは距離を置く。

そう決めて、対策もしっかりとしたはずだった。

それなのに、私の計画はなにひとつうまくいかない。

朝からアレクセイ様と共に朝食をとり、夜は夕食と食後のお茶の時間まで一緒に過ごしているのだから。

しかも、もう三日も連続で。

いったいこれはどういうことなのだろう。

私は計画通り行動したし、コンラートもアンナもアレクセイ様と私が近づかないように、うまく取り計らってくれたはずだ。

でもその対策が通用したのは初日だけだった。

二日目からは朝食前にアレクセイ様から呼び出しがかかり、それ以来ほとんどの時間を一緒に過ごしている。

誤魔化して逃げようとしてもアレクセイ様には通用しないし、身分の関係で表立って逆らうことはできない。「ここにいろ」と強く命令されるとどうしようもない。

騎士や侍女は、アレクセイ様が私に危害を加えるような事態になれば助けてくれるだろうけど、食事やお茶に誘うなんてことを止める人は誰もいない。

まさかアレクセイ様から積極的に私に会いに来るなんて思ってもいなかった。

しかも、アレクセイ様の様子が、あきらかにおかしくなっていた。

「ラウラ、どこか具合でも悪いのか？」

夕食後のお茶の席で、アレクセイ様が心配そうな顔で私に聞いてきた。

「い、いえ……どこも悪くはありません」

そう答える私の顔は、鏡を見なくても強張っていると分かる。

だって、アレクセイ様が私を気にかけるような優しい言葉をかけてきたのだ。

「昨日から食欲がないが、大丈夫なのか？　ラウラは少し細すぎるから、もう少し食べた方がいい」

これは……どう捉えればよいのだろう？　たしかに、私の身体は同じ年頃の令嬢に比べ凹凸が少なく、女らしさに欠けている。

今までなら嫌味と受け止めていたけれど、今のアレクセイ様に悪気があるようには見えない。声やしぐさから本当に私を心配している様に感じられる。

もしかしたら私の願望がそう見せているの？

思い悩みながらも、結局いつもの様な返事をした。

「アレクセイ様のおっしゃる通りですね。たしかに私には女性らしさが足りません。食欲はありませんが、食事量を増やすように努力します」

いつものアレクセイ様だったら無視をするか、煩わしそうな視線を送ってくるはず。それなのに今夜はまったく違う反応をした。

ほんの少しだけ動揺の表情を浮かべた後、真っすぐ私を見つめて言うのだ。

「そんなつもりで言ったんじゃない。ラウラは……女らしいし美しい」

私は大きく目を見開いた。

アレクセイ様はいったいどうしてしまったの？

私のことを褒めるなんて、いつもと態度が違いすぎる。

唖然としていた私は、アレクセイ様の顔が少し引き攣っているのを見て、気づいた。

私を褒めたことで気分が悪くなってしまったの？

どちらにしろ、これではっきりとした。

信じられないことに、アレクセイ様は私に気を使っているのだ。

恐らく不本意のあまり顔が引きつっているのだけれど、それでも感情を抑え私に優しくしようとしている。

それは、婚約を正式なものへと進めるため？

「ラウラ、明日城下町へ行ってみたい。具合が悪くないのなら、付き合ってくれないか？」

「私が、ですか？」

戸惑う私にアレクセイ様はうなずいた。

「そうだ。もう宴席の支度は終わったのだろう？」

「は、はい。でも……」

王都にいたときのように、きつい言葉を投げつけられる心配はなさそうだけれど、アレクセイ様と出かけるなんて、私には無理だ。

返事ができないでいると、アレクセイ様は一方的に明日の予定を説明し始めた。

早朝に城を出て城下町を見学するとのことで、半ば強引に私の同行が決まった。

翌朝になればアレクセイ様の気持ちも変わっているかもしれないと期待をしたけれど、残念ながら希望通りにはいかなかった。

私はアレクセイ様に連れられ、朝早くから城下町アーベルへ来ている。

王子のアレクセイ様は、国中に絵姿が出回っているため、素性を知られてしまう恐れがあるので変装をしていた。

黄金の髪は栗色に染め、衣装も濃灰色の地味なものを身に着けている。

雰囲気はずいぶん変わっているけれど、堂々として気品にあふれた風格はそのままで行きかう人の目を惹いている。

私もアレクセイ様に倣い、変装をした。

アレクセイ様ほどではないけれど、辺境伯の娘である私の顔を知っている人もいるだろうから用心のためだ。

髪を栗色に染めて、街の女性が着るような、装飾の少ない動きやすい服を選んだ。

私がここまで慎重になってしまうのは、アレクセイ様が護衛の同行を許さなかったから。

つまり、アレクセイ様と私のふたりきりということ。

アレクセイ様には危機感というものがないのだろうか？

不安に苛まれながら周囲を警戒する私に、アレクセイ様は機嫌よく言った。

「まずは北の広場へ行く。屋台が出ているらしい」

「屋台ですか。それは知りませんでした」

「屋台が出るようになったのはここ一年のことだそうだから、王都にいたラウラは知らないはずだ。屋台には、北の港から運ばれてくる海の幸が豊富に出て回っているらしい」

「そうなんですか」

それにしてもアレクセイ様は、どこでそんな情報を仕入れたのだろう。

私よりアーベルに詳しいように思う。これほど詳しいなら案内は必要なかったのに。

「領民にもかなりの人気で、段々と屋台が増えて規模が大きくなっているそうだ。今ではアンテスの名所になっているらしいぞ」

気のせいかもしれないけれど、アレクセイ様はとても楽しそうに見える。

「ラウラの好きな白身の魚も食べられるみたいだぞ」

「……」

「どうした？」

「いえ、なんでもありません」

ただ、驚いてしまったのだ。

アレクセイ様が、私の好きな魚を覚えていたことに。

アンテス育ちの私は、北の海で獲れる白身の魚が幼い頃から大好きだった。

まだ仲がよかった頃、私はアレクセイ様にそう話していた。そのことを覚えていてくれていたのがうれしかった。

不意に子供の頃の記憶が蘇った。

王都にあるお母様の生家の庭でのことだ。

私はいつもの様にアレクセイ様とふたりでのんびりと過ごしていた。

昼食も終わり、お腹がいっぱいだったけれど、なぜか急にアンテスの魚料理が食べたくなった私は、アレクセイ様に言ったのだ。

『アレク様、アンテスにはとてもおいしい白いお魚の料理があるの。今度アレク様と一緒に食べたいです』

『魚？　……俺は肉の方が好きなんだよな』

アレクセイ様は気が乗らない様子だったけれど、どうしても一緒に魚を食べたかった私は強引にお願いをした。

『アンテスのお魚は、お肉にも負けないくらいおいしいの。だからいつか一緒に食べましょう。私、アレク様にもおいしいお魚を食べてほしいんです』

『うーん、ラウラがそんなに言うなら仕方ないな。よし、じゃあ約束だ！』

アレクセイ様は笑顔で指切りをしてくれた。仕方ないと言いながらも私を優しい目で見つめてくれる。『楽しみだな』とも言ってくれた。

結局、その約束は果たされなかったけれど。

アレクセイ様が初めてアンテスを訪れた四年前の初夏には、魚料理の店に行く時間が取れなかったし、その後も私は魚料理の話題を口にはしなかった。

次第に冷たくなっていったアレクセイ様に、幼い頃の約束など、言い出せなかったから。


北の広場は商店街の最北の高台にある、芝が敷き詰められた広い土地だ。

まだ朝早い時間だというのに、たくさんの人が集まってきている。

魚の焼けるいい匂いが広場を漂っていて、空腹を刺激される。そんな中、私の視線はひとつの屋台に釘付けになった。

大好きな白身魚をメインに扱っている屋台だ。じっと見ていると、アレクセイ様が私の顔を覗き込んできた。

「あの屋台が気になるのか？」

突然の接近に驚いた私は、動揺しながら答える。

「そういうわけではありませんが……」

食べ物に夢中になっていたなんて知られたくなくて、つい興味のない素振りをしてしまう。

アレクセイ様は気にした様子もなく、自分に付いてくるように言うとスタスタと屋台に向かって歩いていってしまった。

屋台で数種類の魚料理を買い、広場の西側へと移動した。

ふたりがけの石造りの椅子を見つけて腰掛ける。

アレクセイ様が先ほど買った料理の箱を開くと、白身魚が焼けた香ばしい香りが辺り一面に漂った。

なんておいしそうなの！　ごくりと喉を鳴らしそうになっているとアレクセイ様に言われた。

「気に入ったようだな。よし、食べよう」

「いえ、私は……」

「無理するな。〝食べたい〟って顔に書いてあるぞ。遠慮するな。ラウラが食べている姿を見るのは楽しいからな」

「……私が食事をしている姿で楽しめるのですか？」

「ああ、見ていて飽きない」

年頃の令嬢に対して、〝食べる姿が楽しい〟なんて、褒め言葉ではない。

釈然としないながらも、アレクセイ様の強引な勧めと目の前のおいしそうな香りの誘惑には勝てずに、考えるのをやめて魚をいただくことにした。

「……おいしい！」

つい感嘆の声をあげてしまうぐらいおいしかった。

「よかったな」

アレクセイ様がクスリと笑ったので、急に恥ずかしくなってくる。

魚がおいしいからってこんな高い声を出すなんて……。こんなことだから、見ていて楽しい、なんて言われてしまうのだ。

今さらな気もするけれど、フォークを置き、表情を消して私は答えた。

「とてもおいしいです。アレクセイ様も召し上がってみてください」

「……ああ」

アレクセイ様はなぜか少し残念そうな顔をした。

「あの、どうかなさいましたか？」

「なにが？」

「がっかりしたように見えましたので」

余計な詮索をするなと言われるかもしれないと思ったけれど、アレクセイ様は、真っすぐ私を見つめて言った。

「ラウラは、なぜ変わってしまったのかと考えていたんだ」

「変わった？　今ですか？」

「そうじゃない、前から」

「……そうでしょうか？　自分ではよく分かりませんが」

アレクセイ様の言葉に、私はとても驚いていた。

自分自身が変わったとは思わないからだ。

アレクセイ様こそ変わってしまった。私はずっとそう思っていた。

「私のどこが変わったと思うのですか？」

「笑わなくなったところ、感情を見せなくなったところ」

「私は、普通に笑います」

私だって楽しいことやうれしいことがあれば笑う。

「俺の前では笑わないようにしているだろ？　気づいてないのか？」

アレクセイ様の深い青の瞳に見つめられた私は、居たたまれなさでいっぱいになった。

「……そんなつもりはありませんでした」

小さな声で答えたけれど、心当たりがあった。

王都にいた頃の私は、アレクセイ様の前では常に緊張していて、また傷つくことを言われるのではないかと、身がまえていた。

アレクセイ様がほかの令嬢と親しくしている姿を目にすることも苦痛で、私はいつの頃からかアレクセイ様の前では少しも笑えなくなっていた。

だから今日、ふたりきりで外出することが不安だった。

でも意外なことに、今こうしてアレクセイ様と向き合っていても、つらさや不安は感じていない。アレクセイ様の雰囲気がいつもより優しいからか、緊張も少しずつほぐれている。

いろいろとあったけれど、アレクセイ様とは近隣領主の家族としてうまく付き合っていけそうな気がする。

爽やかな青空の下でアレクセイ様と向き合いながら、私はそんなことを考えていた。

なんだかんだ、私は出された料理を食べ切ってしまった。

魚がおいしかったこともあるけれど、開放的な青空の下での食事が思っていた以上に気持ちよくて、食欲が湧いたから。

アレクセイ様は大食いの私をからかうこともなく、遅いと責めることもなく、食べ終わるのを待っていてくれた。

少し休憩をしてからほかの屋台をひと通り見て回ると、アレクセイ様は大通りに戻ろうと言い出した。

「今度はどこへ行くのですか？」

「アーベル通りだ」

街の名前が付いた〝アーベル通り〟は城下町の中でも高級店が集まる通りで、裕福な人々が出入りをしている。私がドレスを頼んだマダム・ベルダの店もアーベル通りの一等地にある。

なにか買い物をしたいのかな。

アレクセイ様ならわざわざ店まで赴かなくても、どんな店の店主だって呼び付けることができると思うけど……雰囲気を楽しみたいとか？

そんなことを考えながら、はぐれないように気を付けて後をついていく。

しばらく歩いていると、頬が火照って次第に体中が熱くなるのを感じた。

今日は快晴で、太陽の日差しが燦燦《さんさん》と降り注ぎ気温が上昇している。

普段長い距離を歩くことのない私には、結構つらい。

少し休みたいと思ったけれどアーベル通りはもうすぐだ。アレクセイ様の買い物が終わったら、どこかで冷たいものでも飲んで休憩しよう。

もう少しの我慢だと耐えていると、突然視界が暗くなり、ぐらりと身体が傾いた。

「ラウラ！」

アレクセイ様の焦った大きな声が聞こえる。その直後、強い力で体を抱き上げられた。

アレクセイ様は私を横抱きにして、人気《ひとけ》の少ない方へと足を進めている。

「大丈夫か？　気分は？」

「……はい。申し訳ありません。ご迷惑をおかけしてしまい……」

「迷惑なわけないだろ？」

アレクセイ様は心配そうに私を見つめ、眉をひそめた。

「強い日差しにやられたのかもしれない。俺が無理をさせたからだな」

アレクセイ様は自分を責めるようにつぶやき、私を抱く腕に力を込めた。

「アレクセイ様？　あの……私は大丈夫ですから」

抱きしめられアレクセイ様の逞しい身体を近くに感じ、私は動揺して身じろぎした。

でも、アレクセイ様の力はますます強くなるだけ。

こんなふうに抱き上げられているなんて現実とは思えない。

頭がクラクラするのは、きっと目眩《めまい》のせいだけじゃない。

日陰のベンチに降ろされてからも、アレクセイ様は私を優しく気遣いながら介抱してくれた。

「大丈夫か？」

アレクセイ様は、熱を確かめるように私の頬に手を伸ばしてくる。

「はい……」

こんなふうに近づきすぎるのはよくないと思いながらも、アレクセイ様の優しさがうれしい。逞しい腕の中に包まれていると守られているように感じ安心する。心地よくてなかなか拒否することができない。

今だけは、こうしていたいと思ってしまう。

私がアレクセイ様とふたりきりで出かける機会なんて、きっともう二度とない。

お父様がお戻りになったら、婚約の話は白紙に戻していただくと決めているのだから。

しばらくしてから未練を断ち切りアレクセイ様から距離をおく。すると優しい声がした。

「これからも、ふたりで出かけることはあるからな。体調が悪いときはすぐに言うんだ。絶対に無理はするなよ」

「ふたりで？　どうしてですか？」

考えていたことと真逆のことを言われてしまい、私は驚き高い声をあげた。

「結婚するのだからあたり前だろ？」

「結婚って……。どうしてアレクセイ様は私と結婚したいのですか？」

アレクセイ様は、本当に愛する人と結婚して幸せになりたいとは思わないの？

「どうしてって……前から思っていたが、お前って鈍感なところがあるよな」

「ど、鈍感？」

久しぶりに、アレクセイ様から駄目な点を指摘されてしまった。

でも、今までとは少し違う気持ちになった。落ち込んで黙り込むのではなく、なぜだか強い反抗心を感じて言い返していた。

「私のどこが鈍感なのですか？」

「俺の気持ちがまったく伝わっていないだろ？」

「アレクセイ様が、私を嫌っているのはよく分かっています」

「そうじゃない。やっぱり分かっていないんだな。それにラウラは俺のことを信用していないな」

「そんなことは、ありません……」

自分の国の王子を、協力すべきフェルザー公爵を信用しないわけはない。

「無理するな。ラウラは、立場上そうしなくてはならないと頭で思っているだけだ。心の底では信じていないって、見ていれば分かる」

アレクセイ様に本心を言い当てられ、私は気まずさから目を逸らした。

たしかに私は王子として、公爵としてのアレクセイ様は信用しているけれど、ひとりの人としてのアレクセイ様を信じることはできない。

「……アンテス辺境伯の娘として、フェルザー公爵となったアレクセイ様を信用しないわけにはいきません」

そう告げると、アレクセイ様のため息が聞こえてきた。

また機嫌を損ねてしまったようだ。

憂鬱な気持ちになりながら、アレクセイ様の様子をうかがう。

でもその顔に浮かんでいたのは怒りではなく、とても傷ついた表情だった。それはすぐに消えて……。

「ラウラ。……俺はフェルザー公爵になったときに決めたんだ」

アレクセイ様の声には傷ついた者の弱々しさはなく、決意を秘めた力強いものだった。

「ラウラとやり直すと。もう同じ失敗は繰り返さないと」

「私と？　それは婚約のことでしょうか？」

婚約解消は認めないってこと？

アレクセイ様は迷いのない様子でうなずいた。

「今は無理でも、いつかラウラに信用してもらえるように努力する。過去にひどい八つ当たりをしてラウラを傷つけてしまったことを、後悔している。……悪かった」

向かい合わせで座っているアレクセイ様が、私に頭を下げてきた。

嘘……。

私は目の前の光景が信じられず、頭が真っ白になってしまった。

なにが起こっているのか、理解ができなかった。

八つ当たりって婚約が気に入らなくて、私につらく当たったこと？

だとしたら同じ状況の今、どうして突然私とやり直したいと言い出すの？

アレクセイ様は三年も私を無視し続け、どんなに求めても私を受け入れてはくれなかったのに……。

アレクセイ様の前では決して感情を乱さないと決めていた。

それなのに、私は涙を堪えることができなかった。

傷つくことを言われたわけでも、嫌なことをされたわけでもないのに、自分でもどうしてかは分からないけれど今までにないぐらい悲しくて心が痛い。

「ラウラ……」

アレクセイ様の動揺が伝わってくる。

躊躇《ためら》いがちに伸ばしてきたその手が私に触れそうになったとき、頭で考えるより先に叫んでいた。

「触らないで！」

アレクセイ様の手が、ビクリと震えて宙で止まる。

「お願いです……。もう謝らないで……。私に触れないでください。どうか放っておいて」

無礼なことを言っているのは分かっている。

でも私はどうしようもないほど、感情を抑えることができなくなっていた。

私の願いを聞いてくれたのか、アレクセイ様はそれからなにも言わなかった。

ただ、少し離れた場所で私が落ち着くのを待っていた。

どれくらいの時間が過ぎたのか、気持ちが落ち着いてくると、今度は血の気が引く思いがしてきた。

大変なことになった。王族であり、フェルザー公爵でもあるアレクセイ様を怒らせてしまうなんて。

アンテス家の娘として、絶対にやってはいけないことなのに。

私個人としても、この場から消えたいほどの醜態を晒してしまい、果てしなく落ち込んだ。

後悔に苛まれながら、勇気を出してアレクセイ様に声をかけた。

「アレクセイ様。あの、申し訳ありませんでした。私本当に失礼なことを言ってしまいました。どうかお許しください」

声が震えてしまう。アレクセイ様はそれでも私の言葉を聞き逃さなかったようで、近づいてきた。

「謝らなくていい。俺が無神経だったんだ」

私は目を瞠った。

「そんなことはありません、私が未熟で取り乱してしまっただけなのですから」

「もう気にしなくていい。それよりもう身体は大丈夫か？」

驚くことに、アレクセイ様は私の無礼を責める気はないようだ。それどころか気遣ってくれている。

アレクセイ様は本当に私のことを嫌っているわけではないの？

「立てるか？」

アレクセイ様が、座ったままの私の様子をうかがうように言った。

「……はい」

立ち上がろうとすると、アレクセイ様の手が遠慮がちに差し出されてきた。

戸惑いながらも私はその手に自分の手を重ねると、アレクセイ様は強い力で私を引っ張り立ち上がらせてくれた。

「そろそろ帰らないと騒ぎになる」

言われてみれば、辺りは薄暗くなっている。西の霊峰の方向に目を向ければ、大きな朱色の夕日が沈んでいくところだった。

ずいぶん長い時間、ここにいたみたいだ。

アレクセイ様の言う通り、早く帰らなくては城のみんなが心配してしまう。

私たちは足早に、迎えの馬車が待っている城下町の外れへと向かった。

途中、華やかなアーベル通りが視界に入り、私はアレクセイ様に頭を下げた。

「私のせいでアーベル通りへ行けませんでしたね。申し訳ありません」

「気にするな。今日でなくても行けるだろ？」

「でも、お買い物があったのですよね？　目当ての店の店主をアンテス城に呼ぶ手配をしますが」

「いや、いい。それより早く帰ろう。ラウラも疲れているだろう」

アレクセイ様はそう言うと私から視線を逸らし、前を向いた。

その横顔こそ、疲れている様に見えた。当然かもしれない。アレクセイ様にとっては目的の果たせない、期待外れの外出になってしまったのだから。

アレクセイ様は本当に私と結婚して幸せになれると思っているのだろうか。

私たちの間には、もうやり直せないほど深い溝があると感じるのは私だけなの？

無言で歩き続けていると、馬車が見えてきた。帰りの遅い私たちを心配したのか、数人の騎士たちが城から迎えに来たようだ。

「ラウラ様、公爵閣下、ご無事でしたか」

「ああ、ふたり共無事だ」

駆け寄って来た騎士にアレクセイ様が答える。

「ごめんなさい。遅くなってしまって」

私も心配をかけた騎士たちに謝った。

夕日もすっかり沈み、月明かりと街灯の明かりだけが頼りの薄暗い中。

アレクセイ様の手を借りて馬車に乗り込んだ私は、ふと気がついた。

無言で歩いてきたけれど、アレクセイ様はずっと私の歩く速度に合わせてくれていたのだと。


城に戻ってから、アレクセイ様と一緒に夕食の席に着いた。

広いテーブルで向き合っていても会話はなくて、気まずい沈黙が続いている。

だけど言葉はなくても、アレクセイ様の姿は自然と視界に入ってくる。

染料を落とした髪はいつもの豪奢な黄金色。その髪の合間から覗く深い青瞳は、憂いを帯びている。

それでも、王子として生まれ育った彼の食事の所作はとても洗練されていて美しい。

アレクセイ様の、完璧な王子そのものの姿は半年前と変わらない。髪は少し伸びたみたいだけど、些細な変化にすぎない。あの頃からなにが変わったのか、外見からはうかがうことができない。

本当に、どうしてアレクセイ様は変わってしまったのか。

私が王都から離れた半年で、こうなるほど特別なことがあったの？


食事が終わり自分の部屋に戻ると、ようやく落ち着くことができた。

風に当たりたくて、窓を開けてバルコニーへ出る。

アンテス城は小高い山の上にあるから、城下町の様子がよく見える。

街の東側に、煌々《こうこう》と灯りのともった一画がある。昼間ふたりで歩いた辺りだ。ぼんやりと灯りを眺めていると、昼間の出来事が思い出されてきた。

私はどうしてあんなに感情的になってしまったのか。アレクセイ様と歩いているときも、馬車に乗っているときも、食事をしているときもそのことばかりを考えていた。

そしてようやく私は気が付いた。あんなに悲しかったのは、アレクセイ様の謝罪を受け入れられないからなのだと。

私は今でもアレクセイ様の言葉ひとつで心を乱される。その華やいだ姿を目にすると心惹かれてしまう。

自分でも矛盾していると思うけど、私はまだアレクセイ様のことが好きなのだ。

でも、もう側にいたいとは思わない。側にいると私は幸せになれないと分かっているから。好きだけど離れたい。そう思う自分が悲しい。

もう心を乱すようなことは言わないでほしい。私をどうか放っておいてほしい。

今の私の願いはそれだけだった。


お父様たちが帰ってきた。

予定よりも早い帰城だった。一日も早くフェルザー公爵に挨拶をしたいからと急いで戻ってきたそうだ。

久しぶりに家族揃って居間でくつろいでいると、当然のようにお兄様の結婚式の話題になる。

お母様は、お兄様の次期辺境伯に相応しい凛々しさと、エステルの高貴な美しさを、うっとりとした表情で語っていた。

グレーテは結婚式の華やかさだけではなく、王都の美しさにも感動したようで、早くもまた王都に行きたいと騒いでいる。

お父様はそんなふたりをうれしそうに眺めて、うんうんとにこやかにうなずいていた。家族の前だからか、普段は厳しい辺境伯の威厳はまったく感じられない。

お母様たちの話は尽きることがない。

私としては、早くフェルザー公爵アレクセイ様との婚約の真意を、お父様に問い質したかったけれど、それはすぐには叶いそうになかった。

お母様の話が長いだけではなく、アレクセイ様が私の隣を離れないからだ。

こんな家族だんらんの場にまで、側にいなくてもいいのに。

だけど、お父様とお母様はアレクセイ様を歓迎している。だからなのか、一緒にいても不自然さはまったくない。

婚約者というよりすでに娘の夫のような扱いで、お母様など、私よりもアレクセイ様に多く話しかけていた。

仕方なく私は適当な用事を言い、席を立つことにした。

「あら、忙しないわね」

お母様は少し嫌そうな顔をしながらも、お兄様たちの話をまだまだしたい様子で、すぐにアレクセイ様に続きを話し始めた。

アレクセイ様は私に目を向けながらも、お母様を無視するわけにもいかないためか、追って来ることはなかった。

私はひとり城の中庭に向かった。

中庭の先には騎士たちの詰め所がある。リュシオンがいないかと中を覗こうとしたとき、彼が城に繋がる外廊下を歩いているのが視界に入った。

「リュシオン！」

声をかけ小走りで近づくと、リュシオンは優しい笑みで迎えてくれた。

「ラウラ姫、ただいま帰りました」

「お帰りなさい、リュシオン。お父様たちのお出迎えのとき姿が見えなかったから、どうしたのかと心配していたの」

リュシオンは少し困った顔をした。

「フェルザー公爵閣下がおいでとのことでしたので、城近くの護衛は部下に任せました」

「そうなの？」

お父様の護衛に、なぜアレクセイ様が関係してくるのだろう。

疑問に感じたけれど、それより先に聞かなくてはならないことがある。

「リュシオン、少し時間を取れませんか？　聞きたいことがあるの」

「はい。ではこちらへ」

リュシオンは、中庭の端にある東屋《あずまや》へ案内してくれた。

ここは憩いの場として作られているけれど、使う人は少ないようだ。

今も辺りに人影はない。

あまり人には聞かれたくない内容だから、私にとっては好都合だった。

私は屋根の下に設《しつら》えられた長椅子に座った。

リュシオンは座ることなく、私から少しの距離を置いた場所で立ち止まっている。

「リュシオン、アレクセイ様がフェルザー公爵だということを知っていたの？」

私が前置きもなく切り出すと、リュシオンは気まずそうに視線を逸らした。

それから姿勢を正し、頭を下げて言う。

「ラウラ姫にフェルザー公爵との婚約の件をお伝えしたときには、すでに存じ上げておりました。騙すような形になり、申し訳ありません」

「私には黙っておけと、お兄様に言われたのね？」

リュシオンは認めなかったけれど、間違いない。

人を驚かすのが好きなお兄様は、私がフェルザー公爵と対面したときのことを想像して楽しんでいたに違いない。

「お兄様の悪戯もいい加減にしてほしいわ」

不満を零す私に、リュシオンはなだめるように言った。

「レオン様は、悪戯で隠しておられたわけではないと思います。深い考えがあってのことかと思います」

「深い考えって……。どうしてそんな混乱させるようなことをするの？」

お兄様が分からない。本当に深い考えなどあるの？

首を傾げる私に、リュシオンは温かい笑みを浮かべて言った。

「ラウラ姫を大切に思っているからですよ」

それは……否定できない。なんだかんだ言っても、お兄様は家族想いだから。

「リュシオン、私に……」

「ラウラ、なにをしているんだ！」

秘密にした理由はなんだったの？と聞こうとした私の声は、強い声に掻き消されてしまった。

慌ててうしろを振り返ると、そこには顔を強張らせたアレクセイ様がいて、私とリュシオンを冷たい目で見据えていた。

なぜアレクセイ様がここにいるの？

お母様たちと話をされていたのでは？　いいえ、それよりも、なぜそんなに冷たい目で私たちを見ているの？

冷ややかな視線は、以前王都で疎まれていたときと同じで、私はかける言葉を失った。

なにも言えないでいると、アレクセイ様が足早に近づいてくる。全身から怒りが立ち上っているみたいで、私は震え上がった。

そのとき、リュシオンが私の視界を塞ぐように立った。

アレクセイ様の怒気を含んだ声が聞こえてくる。

「そこをどけ！」

その迫力に私はビクリと肩を震わせたけれど、リュシオンは怯むことなく、それでいて決して好戦的ではない穏やかな口調で返した。

「どうか気をお静めください。ラウラ姫が怯えています」

けれど、アレクセイ様の怒りは治まらないようで、リュシオンに詰め寄っていく。

このままでは、リュシオンの立場が危うくなるかもしれない。

私はリュシオンの背中に小さな声をかけた。

「リュシオン。私、アレクセイ様と話します」

「しかし……」

「気遣ってくれてありがとう。でも大丈夫」

そう言うと、リュシオンは心配そうな表情を浮かべながらも、私の前から三歩ほど脇に移動した。

それと同時にアレクセイ様が私の前にやって来る。

王族らしい華やかな容貌のアレクセイ様だけれど、私より身体はずっと大きく、腰には剣を帯びている。そんな相手が怒りを露わにしているのだから、不安になる。

それでもなんとか立ち上がると、アレクセイ様は私の腕を掴み、城の中へと早足で向かった。


半ば引き摺られるようにして、私は外廊下への出入口近くの一室に連れ込まれた。

そこは、人が十人も入ればいっぱいになりそうな狭い部屋。

机もなにもない部屋の隅に私は追いやられ、目の前にアレクセイ様が立ちはだかった。身動きが取れない状態になり、緊張のあまり身体を硬くする私に、アレクセイ様は苦しげに言葉を吐き出した。

「……悪かった」

「え？」

「恐かっただろ？　ラウラを責めるつもりはなかったんだ。変わろうと思ってるのに、うまくいかないな」

後半はひとり言なのかほとんど聞こえないぐらいの小さな声でつぶやくと、アレクセイ様はつらそうに私を見下ろしてきた。

「ラウラはあいつが好きなのか？」

「あいつ？　……リュシオンのことですか？」

「ああ。いつもお前の側にいる、ベルハイム国で最高の力を持つ騎士リュシオン」

アレクセイ様はリュシオンの話をするとき、いつも少し様子がおかしくなる。そう言えば、リュシオンもアレクセイ様がいるからお父様の護衛を部下に任せたと言っていた。もしかするとあれは、アレクセイ様に会わないようにするためだったのかもしれない。

個人的な接点などないように見えるふたりだけれど、私の知らないなにかがあるの？

考え込んでいると、再びアレクセイ様が言った。

「ラウラ、リュシオンのことをどう思っているんだ？　答えてくれ」

なぜアレクセイ様はリュシオンに拘るの？　疑問に思いながらも、私はアレクセイ様の問いかけに答えた。

「リュシオンのことは好きです。一番頼りにしていて、信用を置いている騎士です」

その瞬間、アレクセイ様の瞳に激情が浮かぶのが見えた。

けれどそれは一瞬で、私は声をあげる暇もなく、アレクセイ様の腕の中に閉じ込められていた。

固い胸板に押し付けられるように抱え込まれて、私は苦しさに呻く。

なにが起きたの？

押しのけようとしても、アレクセイ様の腕の力は私に比べるとあまりにも強く、びくともしない。

「アレクセイ様、離してください」

そう訴えたけれどアレクセイ様が聞き入れてくれるはずもなく、それどころか私の身体をさらにきつく抱いて、苦しそうに言った。

「あいつにも、誰にも渡さない。ラウラは俺のものだ」

抵抗して腕から抜け出そうとしていた私はその言葉に衝撃を受けて、ピタリと動きを止めた。

今……、アレクセイ様はなんて言ったの？

私がおとなしくなったからか、ふいに背中に回った腕の力が緩んだ。

顔を上げた私は、アレクセイ様の切なそうに細められた青い瞳に捉えられ、視線を逸らせなくなった。

「ラウラ……。お前が嫌がって逃げ出しても、俺はあきらめられないんだ」

アレクセイ様はなにを言っているの？　あきらめられない？

呆然としていると、アレクセイ様の顔が近づいてきた。避ける間もなく、唇が触れ合う。

私がアレクセイ様への恋心を自覚した、あの初夏の日と同じキス。でもあのときと違ってアレクセイ様は私から離れることなく、腰に腕を回すとさらに強く唇を押し付けてきた。

何度も繰り返し角度を変えては激しく口づけられる。そうかと思えば突然優しく啄むように唇を甘噛みされて、私は思わず固く閉じていた唇を開いてしまう。途端にアレクセイ様の舌が入り込んできた。

「あっ……んんっ」

さらに深いキスへと進んでいき、私は震える手でアレクセイ様の上着を掴みすがった。

なぜ突然こんなことになったのか、私にはもう考える余裕がなくなっていた。身体の力が少しも入らない。

気が遠くなるような時間の中、身体中にアレクセイ様の熱を感じていた。

それがどれくらいの時間だったのかは分からない。

解放されたとき、私はまるで熱病にかかったかのようにフラフラで、その場に倒れてしまいそうだった。

アレクセイ様が支えてくれたので実際には倒れずにいられたけれど、とてもひとりで歩ける状態ではなかった。

でも、まともにアレクセイ様の顔を見ることもできない。

うつむいて貝のように口を閉ざしていると、掠れた声が聞こえてきた。

「ラウラ」

恐る恐る視線を上げると、すぐにアレクセイ様と視線が重なり、私は慌てて目を逸らしてしまった。あんなことの後に平常心でいられるわけがない。

「どうしてこんなことを……」

そう口にすると自然と涙があふれてきた。

「ラウラ」

アレクセイ様の手が伸びてきて、私の涙を拭ってくれた。私はそれを避ける気にもなれず、されるがまま、アレクセイ様を見つめていた。

「強引なことをして悪かった」

「どうして……」

「ほかの男がラウラの側にいると思うと、耐えられなかった。平常心でいられなくなる」

ほかの男って……、リュシオンのこと？　アレクセイ様はなにを言っているの？

リュシオンと私の関係は、アレクセイ様との関係とはまったく違うものなのに。

それにこんなふうに自分の気持ちを口にしてくるなんて、最近のアレクセイ様では考えられないことで私は動揺してしまう。

どうして今頃になってこんな態度をとるの？

今までずっと私のことを拒絶していたのに。だから、アレクセイ様のことをあきらめる決心をしたのに。

それなのに、私はアレクセイ様に触れられている今、驚き戸惑いながらも喜んでいる。

アレクセイ様に求めてもらえることを、強く抱きしめてもらえることを、奪うように口づけてもらえることを。

心の奥底では、このまま流されてアレクセイ様のものになりたいとすら願っている。

自分のそんな感情が信じられなくて、私はひどく混乱した。

アレクセイ様といても幸せにはなれない。いつまた、アレクセイ様が私を冷たく突き放すか分からないのだから。

そう頭では分かっているはずなのに、目の前にいるアレクセイ様にすがりたくなる。

「ラウラ、愛している。俺と結婚してほしい」

アレクセイ様の腕が私の背中に回り、身体ごと引き寄せられる。そっと頬に触れられて、そのまま顔を上げさせられた。

この後どうなるのか分かっているのに、私は抗うことができなかった。

アレクセイ様の深い青の瞳に、どうしようもなく魅了されてしまう。

再び重なる熱い唇を、私は何度も何度も受けて入れていた。

第四章　未来への選択

アレクセイ様の腕から解放された後、私は逃げるように自分の部屋に戻った。きちんと話をしなくてはいけないと分かっているけれど、自分の気持ちすらあやふやだったから、落ち着く時間が欲しかったのだ。

寝室に閉じこもってひとりになると、つい先ほどの出来事が鮮烈に蘇ってくる。

息が苦しくなるほどの、強い腕の感覚。何度も重ねられた熱い唇。思い出すと顔が熱くなって、落ち着かない。

再会したアレクセイ様は、たしかに私との結婚を決意していた。だからといってあんなに強引なことをするなんて、信じられなかった。でも一番信じられないのは、その行為を受け入れてしまった自分自身。

決死の覚悟もアレクセイ様のキスひとつで崩れてしまうなんて、自分の意志の弱さが情けなくてたまらない。

長い間ベッドに突っ伏していた私は、部屋に夕日が入り込む頃、のそりと身体を起こしてベッドから降りた。

迷いは晴れないけれど、これからのことを考えなくてはならないからだ。

そのためには忘れようとした過去ともう一度向き合わなくては。

私は窓際の机に向かい、引き出しから一通の手紙を取り出した。

見ると憂鬱な気持ちになるものだから、湖の屋敷には持ち出さずにアンテス城の自室の机の引き出しにしまい込んでいたものだ。

特徴のない白い封筒は何度も開き中身を取り出したため、すっかりくたびれている。

私は久しぶりに封筒を開くと、中から小さな紙を取り出した。

【邪魔者は王都から去れ。第二王子には想い人がいる】

初めて見たときから、書いてある文を記憶してしまっていて忘れることができない。

それなのに私は今もまた改めて憂鬱な気持ちに陥り、大きなため息を吐き出した。

それでも昔よりは大分ましになっている。初めて見たときは、手紙を持つ手が震えて止まらなかったのだから。

この手紙が届いたのは、私が王都に住まいを移した年の誕生日だった。

王都の屋敷には、お父様と関わりのある貴族や、アンテスで親しくしていた人たちからたくさんのお祝いの品が届いていた。

アレクセイ様からも大輪の薔薇の花束が届けられた。その花束の中にこの手紙が隠されていたのだ。

私は喜びのあまり、なんの警戒心もなく手紙を開き、そして目眩がするほどの衝撃を受けた。

この手紙を書いたのは誰なのか、今でも分かっていない。封蝋もなく、手がかりになることはなにも書かれていないから。

私は、この手紙のことを誰にも言えなかった。

なぜなら、この手紙を書いたのはアレクセイ様本人だと疑っていたから。

私なりに調べたところ、手紙が仕込まれていた花束は、たしかにアレクセイ様の命令で城から送られてきたものだった。

彼に憧れて、私を邪魔に思う令嬢はたくさんいたけれど、嫌がらせのためにアレクセイ様が用意した花束に手紙を仕込むのは無理だ。

それに、その後のアレクセイ様の態度がそれを物語っていた。

私の社交界デビューのときも、アレクセイ様はエスコートをしてくれなかった。それ以降の夜会でエスコートしてくれたときも、義務で仕方なくといった様に見え、私は、彼から疎まれている事実を嫌というほど実感した。

アレクセイ様の態度は、まさに手紙に書かれていた通りだった。

それなのに私はあきらめることができずに、彼に振り向いてもらいたくて、報われない努力をそれからも続けたのだ。

今、アレクセイ様はあの頃と態度を変え、私を望んでくれている。

私も、強引に抱きしめられると逆らうことができなくなる。アレクセイ様に惹かれていく心を止められない。

それは私にとって不安なことだった。

心のままにアレクセイ様を受け入れられないのは、過去の冷たかった姿を忘れられないから。それに加えこの手紙の存在がいつまでも暗い影となって気持ちを沈ませる。

もしまた昔のような冷たいアレクセイ様に戻ってしまったら？

もう一度彼に心を許し、そしてまた突き放されたら、私はもう立ち直れないだろう。

今度こそ自分を失ってしまうに違いない。

そんなみじめな自分になりたくないから、アレクセイ様から離れたはずなのに。

私はどうすればいいのだろう。

心を決められないまま、私はお父様の部屋へと向かった。

もう日も暮れる時間だというのに、お父様は執務室で留守の間に溜まった仕事をこなしていた。

オレンジ色の夕日が入り込む執務室には、ほかにふたりの側近がいて、お父様になにか報告をしながら一枚の書類を差し出しているところだった。

そんなやり取りを眺めていると、私に気づいたお父様が笑顔になって羽ペンを置き、椅子から立ち上がった。

突然訪れた私を、お父様は快く迎えてくださった。

途中だった書類を片付けてから側近を下がらせると、私に部屋の中央のソファーに座るように言った。

「お父様、お仕事中に申し訳ありません」

「いや、かまわないよ。話があるのだろう？」

「はい」

「フェルザー公爵との婚約のことか？」

お父様は私の言いたいことを察していたようだ。

私はうなずくと、言葉を慎重に選びながら切り出した。

「お父様……。なぜ、フェルザー公爵との婚約をお認めになったのですか？」

「フェルザー家は、我がアンテス家にとって王家と並ぶ重要な家系だ。それはお前だって分かっているだろう？」

　お父様に真っすぐ見据えられ、私は小さくうなずいた。

「はい。ですが、新しいフェルザー公爵はアレクセイ様です。アレクセイ様とは一度婚約解消しています。そのことはお父様も認めてくださったはずです。それなのにまた婚約だなんて、私には受け入れられません。それに、ほかの家からなにを言われるか分かりません」

「ラウラはフェルザー公爵との婚約を拒否するのか？」

「……私の気持ちだけで拒否できないのは分かっています。ですが納得はできません。アレクセイ様とは、一度別れる決心をしたのです。それなのにまた婚約だと言われても、正直混乱してしまいます」

　私の言葉に、お父様は深くうなずいた。

「第二王子だったアレクセイ様と婚約解消したいとお前が申し出た理由は、相手から疎まれているからこのままでは幸せになれない。王都での暮らしにもなじめなくて、アンテスに戻りたいからだと言っていたな」

「はい」

「あの頃のお前は、私から見てもいつも思いつめた顔をしていたな。アンテスに戻ることで気持ちが楽になるならと、婚約解消もアンテスでの自由な暮らしも許したが、いつまでもこのままではいられないことはラウラも分かっているだろう？」

「私は……湖の家でずっと暮らしたいと思っています。そこで好きなことを仕事にしていきたいと思っています」

「ああ、それは聞いている。お前の刺繍の腕はなかなか見事で評価されている様だな。だが城を出ても、お前がアンテス家の娘である事実は変わらない。立場上いつ誰に狙われるかも分からないから、強い庇護がなくては暮らしていけない。花を育てるのも刺繍をするのも、これからも続ければいい。だがそれはフェルザーの領地に行ってもできるだろう？」

「自分の立場は分かっているつもりです。でも……お父様はもう私を守ってはくれないのですか？」

「そんなことはない。お前はいくつになっても私の大切な娘だよ。だが、いつまでも守ってあげられるわけではない。先のことを考えると心配なのだよ。レオンハルトにはエステルがいる。お前にも人生を共に歩く伴侶を見つけて幸せになってほしいんだよ」

お父様の声は優しくて、私は子供のように泣きたい気持ちになった。

「お父様。私には、アレクセイ様と結婚して幸せになる自信なんてありません。アレクセイ様に拒否されていた頃のつらさが忘れられないのです。心を開けないのです」

「ラウラが不安に思う気持ちは分かる。だが私はフェルザー公爵ならラウラを幸せにできると思っているんだ」

「……どうしてですか？」

「政略上、フェルザー公爵と当家は縁を必要としているのはたしかだが、私はそれだけでお前の結婚を決めたわけではないんだよ。フェルザー公爵と何度か話し合った結果、お前の夫に相応しい人物だと思ったから決めたのだ」

お父様はもう心を決めている。アレクセイ様と私の結婚を考え直すつもりはないのだ。

説得は通じないと感じとった私は、唇を噛んでうつむいた。

「ラウラ。フェルザー公爵とは話しているのか？」

「え？　……はい。話はしてはいます。アンテスに来てからのアレクセイ様は、私に歩み寄る姿勢を見せてくれていますから」

そう答えると、お父様は首を横に振った。

「そうではない。お前の気持ちを話したのかと聞いているんだ。今、私に言ったような不安な気持ちを伝えたのか?」

「いえ……話していません」

それは、私の心の深いところまでアレクセイ様に見せることになるから。

すべてさらけ出しても、望む答えをもらえなかったら……。そう思うと、私はアレクセイ様と向き合うのが怖いのだ。

「過去のことも含め、お前が迷っていることや苦しく感じていることを伝えて、話し合うべきではないのか?」

「でも……」

「お前はすべてを知っているわけではない。フェルザー公爵の態度に疑問を感じるのは無理もないことだと思うが、彼にも事情があるはずだ。一度しっかりと話し合ってみろ。それでも無理ならば、婚約は考え直してもいい」

「えっ……」

思いがけない言葉に、私は驚いて顔を上げた。けれど、次のお父様の言葉で私はもっと大きな驚きに襲われた。

「お前が辞退するのなら、グレーテをフェルザー公爵の婚約者とする」

「お父様? そんな……。グレーテはまだ幼いから結婚なんて……」

「幼いといっても、フェルザー公爵との年の差は九つだから釣り合いが取れないわけではない。今は婚約だけ交わして、グレーテが十六歳になってから正式に結婚すればいい。貴族社会では珍しいことではないだろう」

「ですが……そんな……」

呆然とする私に、お父様は、労るような瞳で言った。

「すべてはお前の気持ち次第だ。フェルザー公爵としっかり話し合って考えなさい」


お父様の執務室を出て、私は再び自分の部屋に戻った。

いろいろなことが起こりすぎたせいか、ソファーでゆっくりしても、温かい紅茶を飲んでも心が休まらない。

あれこれ考え込んでいるとアンナがやって来た。

「お嬢様。フェルザー公爵がお越しです。お嬢様とお話がしたいと」

その知らせにあからさまに動揺してしまうと、アンナは気遣うように言った。

「お嬢様、お断りして参りましょうか?」

「……いえ、会います。お通しして」

一瞬断りたい衝動にかられたけれど、いつまでも逃げているわけにはいかない。お父様も言っていたように、ちゃんと話し合わなくては。

私は覚悟を決めて、アレクセイ様を出迎えた。

お茶の支度をしてくれたアンナが部屋から出て行くと、アレクセイ様がポツリと口を開いた。

「夕食の席にいなかったから心配した……。気分がよくないのか？」

昼間あんなことがあったというのに、アレクセイ様は平然としている。

私と違い、気まずく感じている様子も照れている様子もない。

「もうすぐレオンたちが戻ってくる。その前にラウラと話しておきたかった」

悩んでいるのは私だけなのかと思っていたけれど、アレクセイ様も同じだったようだ。

「私も、アレクセイ様にお聞きしたいことがあります」

「分かった。それならラウラから話してくれ」

「はい……あの、アレクセイ様が私との結婚を望んでくださっていることは分かりました。ですが信じられないのです。王都にいた頃、アレクセイ様は私を避けていました。それなのに、急に私と結婚する気になったのはどうしてでしょうか？　アレクセイ様には、ほかに想う人がいらっしゃったのではないのですか？」

聞くには勇気が必要だったけれど、真実を知らなくては先に進めない。

アレクセイ様は考えを纏めているのか、少しの間を置いてから慎重に口を開いた。

「ラウラが俺を信用できないのは分かる。ここ数年の俺は誰が見てもラウラを蔑ろにし、つらくあたっていたからな」

アレクセイ様は、私にひどい態度をとっていたと自覚していた。分かっていて、突き放し続けたのだ。その事実に胸が痛くなる。

「悪かったと思っている。過去のことは消せないが、この先はラウラを傷つけるようなことはしないと約束する。少しずつでも、信用してもらえるように努力する」

アレクセイ様は真摯に訴えてくる。王都にいた頃の冷たいアレクセイ様と同じ人には思えない。

「ラウラ……、信じてほしい」

アレクセイ様は私を見つめながら言う。

深い青の瞳に引き込まれて流されそうになるのを踏み止まり、私は勇気を出して言った。

「アレクセイ様には、私ではない想い人がいるのではないですか？　その人のことを忘れて私と結婚なんて、できるのですか？」

「想い人？」

アレクセイ様は怪訝な表情になりながらも、すぐに答えをくれた。

「ラウラ以外の想い人なんていない。なにか誤解をしているみたいだな」

嘘をついているようには見えない。

でも、誤解ではないのはたしかだ。私はアレクセイ様自身から聞いたのだから。

「アレクセイ様は、ブラント公爵家のデリア様がお好きなのですよね」

「ブラント公爵の？」

「私が出席した最後の夜会で、アレクセイ様ははっきりとおっしゃったではないですか。『デリアが婚約者だったらよかったのに』と」

「あれは……本心じゃない」

本心じゃない？　でもあのときのアレクセイ様は、あきらかに機嫌が悪そうだったけど。

「私に対して怒っていたのではないのですか？　私が気に障ったのだと思っていました」

「ラウラはなにも悪くない……。俺自身の問題なんだ」

アレクセイ様自身の問題？　どういうこと？

「昔も今も、ブラント公爵令嬢に対して特別な感情はない。王都ではラウラに対してひどい態度を取り続けていたけれど、ラウラ以外と結婚するなんて考えたことは一度もなかった。それこそが本心だ」

「……それなら、どうして私にだけあんなに冷たかったのですか？」

アレクセイ様の態度は、誰の目から見ても婚約者に対するものではなかった。本当に私を妻に迎える気持ちでいたのなら、その言動は不可解すぎた。

理由が知りたい。それが納得できるものなら、私は過去のことに囚われず今のアレクセイ様を信じて、新しい気持ちでやり直すことができるから。

でも、アレクセイ様は私が納得のいく答えはくれなかった。

「すべて俺が悪かった」

アレクセイ様が発したのは、謝罪の言葉だけだった。

「アレクセイ様……私が聞きたいのは、そんな言葉じゃありません」

私の失望に気づいたのか、アレクセイ様はたまりかねて椅子から立ち上がり、私の膝もとへ来て手を掴んできた。

「ラウラの気持ちが俺にないと思っていた。ほかに好きな男がいるのだろうと」

「え？」

「名ばかりの婚約者の立場が嫌だった。その苛立ちをラウラにぶつけてしまっていた」

思いもしなかった言葉に私は戸惑う。なぜアレクセイ様がそんな風に感じたのか分からない。

「ブラント公爵令嬢のことも、ラウラにあてつけただけだ」

「あてつけ？　……でも、どうして私に好きな相手がいるなんて思ったのですか？」

誤解を与えてしまうような態度を取った覚えはない。社交界で出会う貴公子たちはみんな私がアレクセイ様の婚約者だと知っていたから、近づいて来るような人もいなかったのに。

「誤解からそう思い込んだんだ。ラウラがこんな俺に愛想を尽かすのは当然だと思っている。それでも俺はラウラと別れたくない。側に寄り添って、つらい思いをさせた償いをしていきたい。この先もう悲しませはしない。必ず幸せにすると誓う。だから、もう一度俺を受け入れてくれないか？」

アレクセイ様は真剣に訴えてくる。

だけど、理由を聞かせてはもらったものの、納得できたわけではない私は、アレクセイ様の言葉を心から信用することができない。

それでも、私は彼の言葉をうれしいと感じていた。

やっぱり私の心はアレクセイ様に惹かれている。心の内ではもう一度信じたいと願っているのだ。

黙ったままの私に、アレクセイ様が言った。

「ラウラの気持ちを教えてくれないか？　俺の顔など二度と見たくないほどに嫌っているのか？」

私がアレクセイ様を嫌っているわけがない。どんなに冷たくされても、婚約解消をして二度と会わないと決めたときですら、心から嫌いだと思ったことなんてないのだから。

「今の私はアレクセイ様に心を開くことができません。長く拒絶され続けた日々の中で、私の心からアレクセイ様への想いが消えたのです……。いえ、私自分の意志で消したのです」

私の言葉に、アレクセイ様の表情が苦しそうにゆがむ。

私は自分の心の内側を見つめながら、ゆっくりと訴えた。

「アレクセイ様のことを忘れたいとずっと思っていました。忘れるようにと心がけて毎日を過ごしていました。実際、この半年で思い出すことも少なくなっていました」

穏やかに暮らしていた。湖の屋敷での暮らしは小さな幸せでいっぱいで、満たされていた。

だから、私はアレクセイ様を過去のことにできたのだと思っていたのだ。

淡々と言葉を並べる私から、アレクセイ様は目を逸らした。その顔色は悪く、私は胸が痛くなるのを感じながら続けた。

「でも……。フェルザー公爵になったアレクセイ様と再会して、忘れてなんていなかったと実感しました」

アレクセイ様がビクリと肩を震わせ、ゆっくりと顔を上げる。私たちの視線が重なり合う。

「アレクセイ様を完全に信じることはできません。でも私はアレクセイ様を拒否することもできません。……幼い頃から王都で再会するまで、私はなんの不安もなくあなたたけを想っていました。幸せだったあの頃の想いがいつまでも消えずに残っているのです」

「……ラウラ」

アレクセイ様は恐る恐る私の背中に腕を回し、抱き寄せた。

「俺もずっと思っていた。あの、幸せで優しい時間が流れていた頃のふたりに戻りたいと」

アレクセイ様の声が震えている。でも私はその顔を見ることはできなかった。強く抱き寄せられ、身動きができなかったから。

私たちはあの頃みたいに、幸せなふたりに戻れるのだろうか。

悩み、迷いながら、私はアレクセイ様の背中に腕を回した。

お兄様とエステルがアンテス城へ戻って来た。

領民や城の人々の歓迎を受けて、ふたりはとても幸せそうにしている。

そして今夜、ふたりの結婚の宴が開かれる。

一ヶ月前から準備を進めていたし、夜会やお茶会が大好きお母様が、最後の確認をしてくれていたので、素晴らしい宴席になるのは間違いない。

午後になって、私は身支度を始めた。

今夜身に纏うドレスは、マダム・ベルダが特別にデザインしてくれた深い青色が美しいドレス。エンパイアラインのドレスで胸もとにはたくさんの真珠が飾られている。すっきりとしたシルエットのスカート部分には繊細な刺繍が施されているとても上品なドレスだ。

少し寂しい首もとにはサファイアのネックレスを選んだ。本当はおばあ様のルビーのネックレスを着けたかったけれど、ドレスと色味が合わないのであきらめることにした。

鏡の前に立ち、自分の姿をじっと眺める。

王都にいた頃は少しも自信を持てずにいた。アレクセイ様の周りにいる、華やかで洗練された令嬢たちに引け目を感じていたのだ。

でも、今はそんな気持ちにはならない。この新しいドレスも、想像よりずっと似合っていると思っている。

鏡を見ていると、侍女が私を呼びに来た。

「お嬢様、フェルザー公爵がお待ちです」

「今、行きます」

私は足取りも軽く、アレクセイ様のもとへ向かった。

今夜、私のエスコートはアレクセイ様がつとめてくださるのだ。

「アレクセイ様、お待たせいたしました」

応接間のソファーにゆったりと座っていたアレクセイ様は、正装姿。

瞳の色に合わせた紺色のその衣装は、アレクセイ様の豪奢な金髪を引き立てていてとても華やかだ。思わず目を奪われ立ち尽くしてしまった私は、アレクセイ様の声で我に返った。

「ラウラ、すごく綺麗だ」

「えっ⁉」

アレクセイ様に正装姿を褒められたのは初めてのこと。

戸惑っていると、アレクセイ様は椅子から立ち上がって足早に私のもとへとやって来た。

私の目の前に立ち、頭からつま先まで全身くまなく眺めてから言う。

「青いドレスが、とてもよく似合っている」

アレクセイ様はそう言いながら、私の頬に手を伸ばしてくる。思わずびくりとした私を熱っぽい目で見つめたまま手をすべらせ、首もとにそっと触れて来た。

「サファイアのネックレスもよく似合うな」

「あ、あの……」

アレクセイ様が触れているのはネックレスだけれど、それでも緊張を抑えられない。

距離が必要以上に近いし、私を見つめる瞳が感情をゆさぶる。

昨日あんなことがあったせいか、ただ会話をしているだけなのに私たちの間に流れる空気は今までのものと違っていた。

アレクセイ様の言動が、未だかつてないほど甘やかなのだ。

いつの間にか、左腕が私の腰に回っていた。

身体を引き寄せられたため、ますます距離が縮まってしまう。

慌てる私をよそに、アレクセイ様は情熱的にささやいた。

「次は俺がネックレスを贈る」

「え？　……いえ、お気になさらないでください。ネックレスはいくつか持っていますので」

「いや、俺が贈ったものを着けてほしいんだ」

「ええ？」

「ラウラの白い肌に映えるものがいいな」

アレクセイ様は幸せそうに微笑みながら、ネックレスに触れていた手を今度は耳もとにすべらせた。

ほんのわずかに肌に触れる指先の感覚にびくりと反応すると、アレクセイ様はクスリと笑って耳もとの手で私の顔を上に向かせ、キスを落としてきた。

まさかこんなときにキスをされると思っていなかったから、慌ててアレクセイ様の身体を押しのけた。

「駄目です！」

だけど、私の力では彼を遠ざけることなんてできない。アレクセイ様は私の腰に手を回したまま、眉をひそめて言った。

「どうしてだ？」

「どうしてって、だってこんなところを誰かに見られたらどうするのですか？」

「ラウラは俺の婚約者だから、見られたところで問題ないだろ？」

あっさり言うけれど、私にとっては問題大ありだ！

こんな場面を誰かに見られたら、恥ずかしくてもう二度とその人と顔を合わせられなくなってしまう。

それなのに、こんなに甘い雰囲気を醸し出して恋人に向けるような言葉をささやき、熱っぽい視線で見つめてくるなんて。

私の戸惑いにかまうことなく、アレクセイ様は強い力で再び私を抱きしめてきた。

「あっ！　駄目です。離して！」

アレクセイ様はじたばたする私を捕まえたまま、今度は少し不機嫌そうに言う。

「誰もいない。見られていなければいいだろう？」

「そ、そうではなくて……あの、髪や衣装が乱れてしまいます！」

うまい言い訳を思いついたと、私は訴えた。でもまったく効き目がない。

「直すぐらいの時間はまだあるから大丈夫だ」

そう言って、再び強引に唇を重ねてくる。

「待って！　駄目です。アレクセイ様、時間がないんだから！」

「無理。もう止まらない。待ちすぎてもう耐えられない」

そう言うと、強引に私の唇を塞いできた。

アレクセイ様ってこんな人だったの？　私が知らなかっただけ？

はじめは抵抗していたけど、すぐにそれもできなくなった。

キスは段々と深くなり、私の思考力を奪っていったから……。

「ラウラ。愛している」

幼い頃から好きだったアレクセイ様に、愛の言葉をささやかれながら強く抱きしめられ、身体が熱くなるようなキスをされては、もう抗えない。

すがるように背中に腕を回すと、応えるように息もできないほど強く抱きしめられた。その間も深いキスを与えられたままで、気が遠くなりそう。

「……っ……んんっ！」

部屋の中には、お互いの吐息が満ちていく。

それは、いつまでも部屋から出てこない私たちをアンナが呼びに来るまで続けられた。

ノックの音でアレクセイ様から解放されたけれど、乱れた私の姿からなにがあったのか言わなくても分かってしまう。すごく気まずくて恥ずかしい。

だけど、アレクセイ様はまったく動揺している様子もなく、私の身支度が整うとそれは甘やかな笑顔で手を差し出してきた。私はその手に自分の手をそっと重ねる。するとアレクセイ様はまるで騎士が忠誠を誓うときのように、手の甲に口づけて来た。

「あ、あのアレクセイ様？」

慌てる私にアレクセイ様は熱の籠もった目を向けてくる。

「行こう」

アレクセイ様のエスコートで、大広間に向かう。その間も私へ向ける眼差しはとても優しく愛情を感じた。

日が沈んで月と星が空に輝く頃、お兄様とエステルの結婚の宴が始まった。

アンテス城の大広間には、大勢の人がお祝いに集まっている。

アレクセイ様の腕に手を添えて、私はゆっくりと大広間に入った。

王城ではなくアンテス城での夜会だから、招待客は見知った人が多くて安心する。

「ラウラ、レオンのところに行こう」

アレクセイ様に声をかけられ、私は目線を上げた。

私だけを見つめてくれる優しい瞳と視線が重なり、少し切ない気持ちになった。

こんなふうにアレクセイ様にエスコートしてもらいたいとずっと夢見ていたのだ。

それが、離れた後に叶うなんて……。

アレクセイ様に促され、お兄様とエステルの待つ広間の奥に向かった。

お客様に囲まれたふたりは、私たちに気づくと顔を輝かせてこちらを見てきた。

お兄様はアンテス騎士団の正装である黒の軍服姿。エステルは花嫁らしい白の華やかなドレス姿だ。

「エステル、お兄様。おめでとうございます」

「ラウラ、アレクお兄様、ありがとう、こんな素敵な祝いの席を用意してくれて。ねえレオン、このお料理もお酒も飾ってあるお花も、全部私の好きなものばかりなのよ？　本当にうれしいわ」

エステルはとても幸せそうに、お兄様に向かって微笑んだ。

お兄様はニヤリと含みのある笑い顔になり、私とアレクセイ様を交互に眺めながら言った。

「お前たち、ずいぶん仲良さそうじゃないか。エステル、俺の言った通りだろ？」

「そうね、今回は私の負けだわ」

負けたと言いながら、エステルはどこかうれしそうだった。

「なんのこと？」

私の言葉に、エステルが少し気まずい顔になる。

「ラウラがアレクお兄様との婚約を受け入れるかどうかを、レオンと話していたの。私は難しいと言ったのよ。ラウラの様子から、会うのさえも拒みそうだと思ったから。でもレオンは絶対にうまくいくって……」

「だから言っただろ？　ラウラは昔からアレクひと筋だったんだから」

隣にいるお兄様は得意気に言う。

アレクセイ様を見ると、口もとを手で押さえてうつむいていた。

「お兄様！　そもそもこうなったのは、お兄様がフェルザー公爵の正体を私に秘密にしていたからです。知っていたら、エステルの言う通り会ったりはしませんでした」

「知らないほうが感動の再会になるだろ？」

「感動って……」

あきれて言葉が出ない私に、それまで黙っていたアレクセイ様が声をかけてきた。

「ラウラ。主役への挨拶も終わったし、向こうへ行こう」

「え？　でも……」

私はもう少しエステルと話したいし、お兄様にも言いたいことがあるのだけど。

そのとき、大広間にダンスの音楽が流れ始めた。

初めのダンスは、今夜の主役のお兄様とエステルだ。

ふたりは手を取り合いながら中央に進み出て、軽やかなステップで踊り始めた。

エステルが動くたびに、白いドレスのスカートがふわりと揺れる。

明るく躍動的な曲が、お兄様とエステルによく合っていた。

「綺麗……」

思わず感嘆のため息をつくと、隣でふたりのダンスを眺めていたアレクセイ様が、
私の手を掴んできた。

「俺たちも踊ろう」

「えっ？」

私は驚き、目を見開いた。

王都ではアレクセイ様の婚約者として何度か夜会に出席したけれど、アレクセイ様にダンスに誘われたことは一度もなかったからだ。

最初のダンスが終わると、アレクセイ様は私の手を引き広間中央に進んで行く。

二曲目が始まると、私の腰を引き寄せて踊り始めた。

私はあまり人前で踊ったことがないけれど、二曲目が穏やかなワルツだったのと、アレクセイ様のリードが上手だったからか慌てずにステップを踏めた。

私たちの身体はぴったりと密着していて、恥ずかしい。

でも、それよりも私はこの瞬間に喜びを感じていた。

アレクセイ様とこうやって踊りたいと、ずっと願っていたから。

アレクセイ様は手を取り、私だけを優しい目で見つめてくれる。

私には難しく感じられるステップを軽々と踏みながら、彼がささやいた。

「ずっとこうしていたいな」

「えっ？」

「許されるなら、このままずっとラウラの側にいたい」

見つめて来る瞳は熱っぽく、私の心を乱す。

「……あっ！」

動揺した私は、ステップを間違えて体勢を崩してしまった。でもアレクセイ様がすぐに支えてくれたから、周りには気づかれずに済んだ。

「ありがとうございます」

「俺がラウラを助けるのはあたり前だろ？」

甘くささやかれると、私は胸の高鳴りを止められなくなる。

「ラウラ、顔が赤くなってる」

アレクセイ様がクスリと笑う。

「だって……。アレクセイ様のせいです」

恥ずかしくなるようなことばかり言うから。

身体を引き寄せられて、私はさらに顔を赤くした。

夢中になっていると時が経つのは早くて、気づけばワルツが終わっていた。

寂しく思っていると、アレクセイ様が私の手を掴んでくる。

「もう一曲踊ろう」

断る理由はない。だって、私自身がもっと踊りたいと思っているのだから。

「はい」

私がそう返事をすると、アレクセイ様はとてもうれしそうに微笑んだ。

それから二曲続けて私たちは踊った。

それは、昔を取り戻すような、幸せで満ち足りた時間だった。


三曲続けて踊った後、私たちは食事や飲み物が用意されている別室に移った。

エステルが奥にいるのを見つけたとき、アレクセイ様に声をかけてくる人がいた。

「失礼いたします。フェルザー公爵閣下、ご挨拶をさせていただきたく、参りました」

あくまで低姿勢で声をかけてきたのは、アンテス領とフェルザー領に接する小さな土地の領主、アドルフ男爵だった。

アドルフ男爵は、ふくよかな身体つきをしていてとても貫禄がある。でも実際はお父様より少し年下で、お子様も私より年下だと聞いている。

「先日ご相談させていただいた件は、いかがでしょうか？」

アドルフ男爵の口ぶりから、面識があるようだ。

でも、なぜだかアレクセイ様は不機嫌そうに顔を顰めている。

「今夜はレオンとエステルの結婚の祝宴だ。めでたい席で無粋な話はするべきではない」

無粋な話？　なんのことだろう。

アドルフ男爵はアレクセイ様の言う〝無粋な話を〟したかったようで、その顔に焦燥感を浮かべながら私の方に視線を向けてきた。

「ラウラ様。レオンハルト様のご結婚おめでとうございます」

「本日は兄と義姉の結婚祝いにお運びいただき、ありがとうございます」

なんだかあまり心がこもっていない気がしたけれど、家族として丁重にお礼をした。

そうしている間も、アドルフ男爵はしきりにアレクセイ様になにか言いたそうな視線を送っている。

「ラウラ、行こう」

アレクセイ様に促されてアドルフ男爵から離れようとすると、今度は焦った声に呼び止められた。

「ラウラ様お待ちください！」

「……なんでしょうか？」

「フェルザー公爵閣下とのご結婚が決まったというのは、本当でしょうか？」

「え……」

「ラウラ様はアレクセイ王子殿下と婚約を解消し、アンテスに戻ったと耳にしていたのですが……」

すぐには答えられなかった。

そう言えば、私たちの関係は世間ではどのように伝えられているのだろう。

一度婚約を解消したけれど、再度婚約を交わした？

フェルザー公爵と私の婚約話は、どこまで知られているのだろうか。みんなの前で三曲も続けてダンスを踊ったのだから、恋人同士以上の関係だと認識されてもおかしくはない。

困った私は、助けを求めるように隣に目を向けると……。

驚いたことに、アレクセイ様がひどく怒っていた。

「アレクセイ様？」

私が呼びかけると、アレクセイ様はハッとしたように表情を和らげた。

「ラウラ、しばらくエステルのところにいてくれ。俺はアドルフ男爵と話がある」

なんの話をするの？

言いようのない不安を感じる。アレクセイ様はそれに気づいたのか、優しく微笑んで言った。

「大丈夫だから。すぐに戻るから心配しなくていい」

「……はい」

ふたりの話は気になるけれど、うなずくしかなかった。

私はアレクセイ様に見送られ、エステルのもとへ向かった。

エステルは年若い令嬢たちに囲まれていた。

彼女たちはアンテスの高位騎士の令嬢で、私も面識がある。

みんな年若いのに、騎士の娘らしく凛としてしっかりとしている。私は彼女たちに以前から好感を抱き、親しみを感じていた。

私が近づくと、一番端にいた令嬢が気づいてすぐに立ち上がった。

「ラウラ様。ご無沙汰しております。このたびはお招きいただきましてありがとうございます。素晴らしい祝いの席に出席が叶い、とても光栄でございます」

背筋をピンと伸ばした令嬢は、流暢に礼を述べる。ほかの令嬢たちも後に続いて挨拶をしてくれる。

「みな様、今夜はエステルとお兄様のためにありがとう」

彼女たちは私にエステルの隣の席を譲ってくれ、しばらく女の子同士のおしゃべりを楽しむと、席を離れていった。

「素敵な子たちね」

　エステルがワインを口にしながら、楽しそうに言う。

「まだ若いのに、みんなしっかりしているでしょう。エステルとも気が合うと思うわ」

「そうね。あの子たちのお父様がアンテス家に仕えてくれていると思うと、心強いわ」

　エステルは次期辺境伯夫人らしい台詞を吐くと、表情を変えてからかうような口調になった。

「ところで、アレクお兄様とずいぶん仲がいいのね」

「えっ？　……そ、そんなことはないけど」

「今さらなに言ってるの？　ふたりの踊る姿は恋人同士そのものだったわ。アレクお兄様はラウラを、それは愛しそうに見つめていて。私の方が照れてしまうくらいぴったりと抱き寄せていたじゃない。ラウラもとても幸せそうな顔をしていたわよ」

「そ、そんなにしっかり見ていたの？」

「そりゃあ見るわよ。私だけでなく、レオンもお義父様もお義母様もしっかり見ていたわよ。お義母様はすぐに結婚の準備を、ってお義父様に迫っていたくらいよ」

「……嘘よね？」

「本当よ。あっ、ついでに言うと、大広間にいたほとんどの人たちに見られていたと思うわ。お兄様もラウラも目立つからね。明日には、フェルザー公爵閣下はアンテス辺境伯令嬢を溺愛しているって噂が国中に広がるわね」

「や、やめて」

私は恥ずかしい噂が流れる不安に怯えた。

宴のお祝いムードと、アレクセイ様の醸し出す甘い空気に呑まれてしまったとはいえ、なんて恥ずかしい。

「そんなに落ち込まなくていいじゃない。アレクお兄様と結婚するんでしょう?」

エステルは楽しそうにクスクス笑っている。絶対にこの状況をおもしろがっているんだ。

「まだ、結婚が決まったわけじゃないから」

少しふて腐れて答えると、エステルはなんでもないようにサラリと言った。

「あら、決まったも同然でしょう? どう見たって両想いなんだから」

「えっ? なに言ってるの? 私は別に……」

「自分で気づいてないの? ラウラがアレクお兄様を見る目は、完全に恋する女性の目よ」

断言され私は言葉を失う。

「みんな遠慮して言わないと思うから、私がはっきり言うわ。見ているこっちが恥ずかしくなるくらい、ふたりの間に流れている空気は甘いわよ」

　とどめを刺され、私は立ち直れないほど落ち込んだ。

「エステル。私、もうみんなの顔が見れない」

「気にしなくていいじゃない。悪いことをしてるわけじゃないんだから。私とレオンなんて、もっと恥ずかしいことしてるわよ」

「エステルたちは規格外だから参考にならないわ。それに、私は一度婚約解消してアンテスに戻ってきているのだから、周りの目を気にするなと言う方が無理よ」

　エステルは、「失礼ね」と頬を膨らました後、「そう言えば」と思い出したように言った。

「アレクお兄様とラウラの婚約解消、王都で話題にはなっていなかったわよ」

「そうなの？　……エステルの結婚があったから？」

「どうかしら。貴族の間では私の結婚より、アレクお兄様の結婚のほうが重要事項のはずだから、そうでもないと思うけど」

　エステルが首を傾げる。

「よく分からないわ」

「そうね、気になるならアレクお兄様に直接聞いてみるといいわ」

「……なんとなく聞きづらいわ」

「どうして？　ラウラの質問ならなんでも答えてくれるわよ。アレクお兄様は誰がどう見てもラウラに夢中よ。デリアのことを気にしているかもしれないけれど、それは勘違いよ」

「それは……アレクセイ様もデリア様とはなんでもないと後から否定はしてくれたけれど」

「あらお兄様は弁解したのね」

「弁解と言うか……でもよく分からないのよ」

アレクセイ様はあてつけたと言っていたけれど、なにに対してだったのかが今でも分かっていない。

「もうデリアのことは気にしない方がいいわ。彼女は結婚が決まったそうよ。アレクお兄様となにかあったらほかの人と結婚なんてしないでしょう？」

「デリア様が結婚？　本当に？」

驚いた。デリア様の方は、アレクセイ様に好意を持っているように見えたから。

「本当よ。お相手は友好国の王族だそうよ。政略的な結婚だけれど、良縁だって言われていたわ。デリアのお祖母様がベルハイム王家の正当な王女だったから選ばれたみたいね」

「そう……」

「もしアレクお兄様が本当にデリアを好きだったとしたら、黙って見過ごすわけがないでしょう？　それにアレクお兄様の態度を見ていれば、聞かなくたって誰が好きなのか分かるわ。ラウラはもっと自分に自信を持ちなさいよ」

「自信……。そうね」

アレクセイ様に関して、すっかり臆病になってしまった私。

再び自信を持つことなんてできるのかな。

「アレクお兄様ともっと話し合うといいわ。私なんていつもレオンと喧嘩になるほど言い合ってるわよ。もちろんその後に仲直りはするけれど」

「お兄様もエステルには敵わないでしょうね」

たじたじになってやり込められているお兄様の姿を想像すると、くすりと笑いが零れた。

「そうね。口喧嘩では私の全勝よ」

お兄様とエステルの間で口喧嘩以外の喧嘩なんて有り得ないから、結局エステルのひとり勝ちということだ。

少しお兄様を気の毒に思いながらもエステルにそう言われて、私は決心した。

もっとアレクセイ様に心を開こうと。


アレクセイ様はどこへ行ったのだろう。

アドルフ男爵とどこかへ行ったきり、姿を見かけていない。

心配になった私は、彼の姿を捜しにひとり大広間へ戻った。

大広間にはたくさんの人がいるけれど、アレクセイ様は目立つのですぐに見つけられるはず。

けれどいくら見回しても、彼の豪奢な金髪は見つからない。

どこかの部屋で休んでいるのかもしれない。

休憩所として開放している部屋を見て回ったけれど、そこにもいない。

ふと思い立ち、さらに奥の一般客には立入り禁止としている一角に向かうと、話し声が聞こえてきた。

「ずいぶんと憂鬱そうだな」

「こんなことになるとは思わなかったからな」

アレクセイ様とお兄様の声だった。

外から聞こえてくるようだ。

すぐ側に中庭への出入口があるから、ふたりはその先にいるのだろう。

「ラウラとのことを後悔しているのか？」

え……、私の話をしている？

私は立ち止まり、耳を澄ました。

こんなふうにして人の話を盗み聞くのはよくないけど、ふたりの話が気になってしまう。

そうしてじっとしていると、再びアレクセイ様の声が聞こえてきた。

「後悔はしている。もっと違う道があったはずなのにと、何度も考えたからな」

心臓がドクリと跳ねた。

後悔していると肯定した。違う道……それは私との婚約とは別の道ということ？

「けど、過去のことをいくら言ってもどうしようもないしな。これからはラウラとうまくやっていけよ」

「そう簡単に言うな」

憮然としたアレクセイ様の声、続いてお兄様のからかうような声が聞こえてくる。

「問題ないだろ。まさかほかに好きな女がいるわけでもないだろ？」

アレクセイ様は答えない。

「それとも、アドルフ男爵の令嬢を愛人にって話を受ける気になったのか？」

もうこれ以上聞いていられなかった。

私は踵を返すと、夢中で大広間へと駆け戻った。

たくさんの人の中に紛れ、私は大きく息を吐き、壁際へと向かった。

目立たないところに立ち、息を整える。

大広間には華やかな曲が流れている。楽しそうに踊る人や幸せそうに笑う人。

少し前までは、私もあの中のひとりだったのに。

悲しみが全身を巡っていく。苦しいけれど涙は出てこない。絶望も、度が過ぎると泣くことすらできないのかもしれない。

結局、なにも変わっていなかったのだ。

アレクセイ様が優しくなったのは、見せかけだけ。

私を愛しているように振る舞いながら、その実は後悔していたのだ。

アレクセイ様の気持ちが私に向くわけがないと分かっていた。

再会してから何度も同じ失敗は繰り返さないと心に言い聞かせていたのに……。

アレクセイ様に惹かれる気持ちを止められなくて、結局裏切られてしまった。

しばらく呆然としていると、お母様が近づいてきた。

「ラウラ？　こんなところでなにをしているの？　アレクセイ様はどちらなの？」

「お母様……」

「顔色が悪いわよ。大丈夫なの？」

お母様が眉を顰める。先ほどから胸がムカムカして気分が悪いので、お母様のおっしゃることは大袈裟ではないのだろう。

「少し気分が悪くて……。申し訳ないのですが、部屋に退がって休んでもいいでしょうか？」

「それは問題ないけど、どこか具合が悪いの？」

「いえ……お酒を飲みすぎてしまったみたいです」

「仕方ないわね。部屋でゆっくり休みなさい」

お母様に背中を押されるようにして、私は部屋に戻った。

エスコートをしてくださったアレクセイ様になにも言わずに来てしまったけれど、いいよね。

私のことなんて、本心ではどうでもいいのだから。

ドレスを脱ぎ、湯浴みをすると私はすぐにベッドに入った。

本当に気分が悪かった。頭がクラクラして、胸がムカムカする。

これからのことなんて考える余裕はなかった。

今はただ眠りたい。

眠って身体中を巡る痛みから解放されたい。

ただ、それだけだった。


次の朝、とても早くに目が覚めた。

昨夜の出来事がショックだったからか、久しぶりにアレクセイ様の夢を見たのだ。

私が社交界デビューのために王都に出向いたとき、再会に喜ぶ私をアレクセイ様が冷たく拒絶した夢だった。

八年ぶりの王都は、なにもかもが新鮮だった。華やかな街並み、大勢の人たち。

白亜に輝くベルハイム城はとても美しく、物語の世界の城のようだった。

煌びやかな王宮の応接間で、私はお父様と一緒にアレクセイ様と再会した。

「アレクセイ様！」

彼との再会を待ちわびていた私は、我慢できずに椅子から立ち上がり、駆け寄って手を差し出した。

幼少期の思い出から、そのときの私は受け入れてもらえると信じていたから。

けれどアレクセイ様は私に触れられない様に身体を引き、見た事もない冷たい目を向けてきた。

「こういう行動は止めろ。ラウラはもう子供じゃないだろ」

「え……」

彼の言葉とは思えずに呆気に取られる私の前で、お父様とアレクセイ様の会話が始まった。

一年ぶりの再会なのに、私のことは少しも見てくれない。

私はアレクセイ様の婚約者ではないの？

どうして近寄ってはいけないの？

初めての拒絶に、私は深く傷付いた。

目覚めた私は朝から苦しいため息を吐いた。

幸せな思い出を夢に見るのは好きだけれど、悲しかった思い出はもう忘れてしまいたい。

もう過ぎ去った過去のことだと分かっていても胸が痛くなってしまうから。

重苦しい気持ちのままベッドから起き上がり窓辺に立ち、カーテンをめくる。外は朝の爽やかな光に満ちあふれていた。

ああ、湖の屋敷に帰りたい。

アレクセイ様のいるこの城にいては、心が休まらない。

ここから逃げ出したくてたまらない。

私は身支度をすると、書き置きをして部屋を出た。


馬を用意してもらうため、西の厩舎《きゅうしゃ》に向かった。リュシオンには頼みづらいから自分で馬を調達するつもりだったけれど、偶然厩舎に居合わせていたため出くわしてしまった。

彼は私に気づくと、驚きの表情を浮かべた。

「ラウラ姫。こんなところにおひとりでどうされたのですか?」

心配そうに尋ねてくる。

「顔色が優れないですね。部屋に戻った方がいいのでは?」

リュシオンは昔から、具合が悪いとすぐに気づいてくれる。だから私はいつも頼っていた。

そんなリュシオンでも、アレクセイ様とのことは相談できない。

「大丈夫です。湖の家に行きたくて、馬を頼もうと思ってきたの」

「ラウラ姫が、自らですか？」

リュシオンはなにか言いたそうに私を眺めていたけれど、あきらめたみたいで近くにいた騎士に馬を用意するよう指示してくれた。

「私が護衛に付きます。すぐに支度をしてきますのでお待ちください」

「待って、護衛は空いている人でかまわないわ。リュシオンは自分の仕事をして」

「今、私にとってアンテス辺境伯令嬢の安全を護ることより重要な仕事はありません」

「でも……」

「私は湖の屋敷にラウラ姫を無事にお送りした後、すぐに城に戻ります」

「……ありがとう、それではお願いします」

結局リュシオンに甘えてしまった。

リュシオンはすぐに支度を済ませて戻って来た。その頃には、私の馬の用意も終わっていた。

リュシオンの先導でアンテス城を出て、緩やかな傾斜を進んでいく。

「ラウラ姫、大丈夫ですか？　馬に乗るのは久しぶりでしょう？」

私の速度に合わせたゆっくりとした進みだけれど、彼はそれでも心配のようだ。

子供の頃、派手に落馬して怪我をしたことを知っていいからかもしれない。

「久しぶりだけど、意外と大丈夫だわ」

「そうですか……。どうか、くれぐれもお気を付けください」

リュシオンの言葉通り、十分に気をつけながら湖の屋敷へと進んで行く。

山を半分ほど下ったところで空を仰ぐと、太陽の光に照らされたアンテス城が視界に入ってきた。

……アレクセイ様は今頃どうしているのかな。

アレクセイ様と離れたくて逃げ出してきたのに、すぐに彼のことを考えてしまう。

立ち止まりぼんやりと城を眺めていたからか、リュシオンが話しかけてきた。

「ラウラ姫、どうかしましたか？」

「いえ……なんでもないわ」

私は前を向いて、再び馬を進めた。

しばらくふたりとも無言で進んでいたけれど、遠くに湖の屋敷が見えて来たとき
リュシオンが言った。

「先代辺境伯夫人には、私も目をかけていただいていました」

「そうね。おばあ様はリュシオンのことが大好きで、自分の孫のように思っていたから」

　おばあ様は、リュシオンが今ほどの功績をあげる前からその人柄を高く評価していて、私が屋敷に来るときの護衛は彼以外認めないと言い放っていた。

「孫とは恐れ多いですが、ラウラ姫の護衛で湖の屋敷を訪れるたびに、様々なことを教えてくださいました」

「どんなことを習ったの？」

　おばあ様とリュシオンが話しているのはよく見かけていたけれど、ふたりがなにを話しているかまでは知らなかった。

「あらゆることです、花言葉に始まり毒草の見分け方、空を見て明日の天気を知る方法、女性が喜ぶ言葉のかけ方」

「なんだか……思っていたことと違うのね。領地の防衛とか、もっと難しいことを話していたのだと思っていたわ」

「私にとってはどれも興味深いことでしたよ。騎士の訓練や講義では知り得ない話ばかりでしたから。そして、その後にいつも言われていました。〝人の心を開くには、まずは自分の心を相手に見せないといけません〟と」

リュシオンは、穏やかな目で私を見つめて言う。

「おばあ様は、どうしてそんなことをおっしゃったのかしら？」

「私が心を隠していることに気づいて、歯痒かったのかもしれませんね」

「そんなにいつも心を隠していたの？」

首を傾げると、リュシオンは小さく笑った。

「いつもではありませんが、どうしても口にできないときもありました」

「そう……」

それは私にも言えることだった。

王都にいた頃、私はアレクセイ様になにも言えなかったのだから。

そして今も、彼の不実を知ったのに、なにもできずに黙って逃げ出してきてしまった。

「リュシオンは、おばあ様の教えを守っているの？」

「……私はいまだにできないでいますよ。きっとこの先も。ですが、先代辺境伯夫人の言葉は間違っていないと思います。真摯な想いこそが、人の心を開くのだと思います」

リュシオンが隠していることとはなんだろう。

気にはなったけれど、それ以上詮索することはできなかった。

屋敷に着くと、玄関の前でリュシオンに手伝ってもらい馬を降りた。

「ありがとう」

「いえ……。ラウラ姫、そのネックレスは先代辺境伯夫人の形見でしたね」

リュシオンの視線は、私の首もとのルビーのネックレスに注がれている。

「ええ。お守り代わりに不安なときはいつも身に着けているの」

アレクセイ様に続きリュシオンまで、なぜかこのネックレスが気になるようだ。

「先代辺境伯夫人は、見事な赤髪でしたね」

「そうね。そのせいか、おばあ様の宝石はルビーが多かったわ。その影響で私もルビーが好きになったのよ」

アレクセイ様には似合わないと言われてしまったけれど。

「そうですか……。そう言えば、先日王都に滞在していたときに耳にしたのですが、王都では意中の相手の色の宝石を身に着けることが流行のようです」

「意中の相手の色？」

「そうです。髪や瞳など、その人を印象づける色です。ラウラ姫なら銀と紫になりますね」

「……知らなかった」

半年前まで王都にいたというのに、まったく聞いたことがなかった。引きこもってばかりで流行に疎かったんだ。

「相手の色を身に着けるということは、もとは城下町で流行したそうです。それが貴族の間でも流行りだし、宝石を身に着ける形に変化したそうです。時には、自らの色を相手に贈ることもあるそうです」

「リュシオン……。ずいぶん詳しいのね」

ふと思った。

アレクセイ様もその流行を知っていたから、このルビーのネックレスを気にしていたのかもしれない。

ルビーはアレクセイ様の色ではないから。

名ばかりの婚約者といっても、それで気分を悪くしたのかもしれない。

「ラウラ姫、夕方前にはお迎えに上がります」

リュシオンは、屋敷の中に入ることはなく、アンテス城へ帰っていった。

私はゆっくりと花壇を見て回り、それが終わると湖に向かった。

湖の畔に着くと、適当な木陰に腰を下ろした。

太い木の幹にもたれてぼんやりと湖を眺める。

ここはとても静かな時間が流れている。湖面を風が渡り、木々がサワサワと揺れる音がする。

私は胸に燻っている憂鬱を吐き出すかのように、大きくため息を吐いた。

こんなに穏やかな場所にいても、どうしても心が晴れなかった。

この先のことを考えると、不安が込み上げてきて苦しくなる。

アレクセイ様の本心を聞いてしまった以上、なかったことにして結婚なんてできない。

でも私が断れば、グレーテがアレクセイ様の婚約者になるだろう。それは嫌だ。

私にはどちらもつらいこと。

アレクセイ様と結婚をして愛のない夫婦となるか、グレーテを妻にしたアレクセイ様とこの先も家族として付き合っていくのか。

道はふたつしかないと分かっているのに、私は選ぶことができない。

アレクセイ様の妻の座も愛情も、どちらもあきらめたくないのだ。

私はどうすればいいのだろう。

おばあ様がいらっしゃったら、答えを教えてくれた？

いいえ、それはきっと無理。私の心を決められるのは、私だけだから。


長いこと考え込んでいたのか、いつの間にか太陽は真上を通り過ぎ、西の霊峰に近づいていた。

散々悩んだ末に、私は心を決めた。

アレクセイ様との婚約は辞退する。やはり、どう考えても愛情のないアレクセイ様と夫婦になることはできない。

政略結婚が貴族の娘としての義務だと分かっていても、アレクセイ様相手だと気持ちを割り切ることができないのだ。

お父様に報告して、アレクセイ様とは別れよう。

でもその前に、最後に私の気持ちをアレクセイ様に伝えたい。

私がどれだけ苦しい思いをしたのか。悲しい気持ちになったのか。アレクセイ様のことをどれだけ好きなのか。

すべてを伝えて、私の気持ちを分かってもらいたい。

もしアレクセイ様に少しでも私の心が伝われば、たとえグレーテと婚約しても、私にはかまわず放っておいてくれるかもしれないから。

おばあ様がリュシオンに言った言葉。

〝人の心を開くには、まずは自分の心を見せないといけません〟

信じてみたいと思う。どうか、アレクセイ様に私の心が伝わりますように。


そろそろ屋敷に戻ろうと考えていたそのとき。

「ラウラ！」

大きな声で名前を呼ばれ、私はビクリと身体を震わせた。

アレクセイ様だ。

どうしてアレクセイ様がここに？

身動きできないでいると、アレクセイ様はこちらに駆け寄ってきた。

「ラウラ、どうしたんだ？　急に城を出たと聞いて心配したぞ。昨日もいつの間にか部屋に戻っていたし、なにがあったんだ？」

アレクセイ様が珍しく息を切らしている。まるで本当に私を心配して駆けつけてくれたみたいだ。

私はゆっくりと立ち上がり、アレクセイ様とは視線を合わさないようにうつむいたまま言った。

「ひとりになって考えたかったのです」

「ひとりで？　……どういうことだ？」

アレクセイ様の声が硬くなり、私は視線を上げた。

彼の視線は私の首もとにあった。ネックレスを見ているのだとすぐにわかった。

「アレクセイ様。このルビーのネックレスはおばあ様の形見なのです。不安なとき、お守り代わりに身に着けています」

私の言葉にアレクセイ様は軽く目を開き、それから気まずそうな表情になった。

「そうか……。だからあのときもつけていたのか」

「はい。婚約解消した日も、フェルザー公爵との対面のときも。不安で逃げ出したくなる気持ちを奮い立たせるためにつけていました。そして今も……」

「今も？」

私のただならぬ雰囲気になにか感じとったのか、アレクセイ様の顔が強張った。

「アレクセイ様に伝えたいことがあります」

「……なんだ？」

アレクセイ様の声が警戒したように険しくなる。それでも私は怯まずに告げた。

「私はアレクセイ様とは結婚できません。婚約は解消させていただきます」

その瞬間アレクセイ様は息を呑み、直後私の肩を大きな手で掴み、強い力で引き寄せた。

「どうしてだ？　昨日まではラウラも結婚を受け入れていたはずだ。気持ちが変わるようなことがあったのか？」

「アレクセイ様とお兄様の話を聞いてしまったのです。アレクセイ様は私との婚約を後悔していると……。アドルフ男爵令嬢のことも聞いてしまいました」

「え？　あれは……」

「私はアレクセイ様と結婚しても、幸せにはなれないと思います。ですから婚約は解消したいのです。お父様もきっと許してくださいます」

アレクセイ様は、激しく動揺しているようだ。

そんなふうに狼狽するのはなぜ？

アレクセイ様の考えていることが分からない。

私が心をさらけ出したら、アレクセイ様も本当の気持ちを語ってくれるのだろうか。

もう嘘は嫌だ。

望む言葉ではなかったとしても、真実を知りたい。

「三年前、王都で再会したときから分かっていました。婚約者だけれど、私は少しも愛されていないと。いえ、それどころか疎まれ嫌われていると」

「ラウラ、それは違う」

「アレクセイ様、聞いてください！」

弁解しようとするアレクセイ様を、私は強い口調で遮った。

どうしても今、私の気持ちを言わせてほしい。

私の様子からいつもとは違うと感じとったのか、アレクセイ様は私から手を離し口を閉ざした。

「……王都にはつらい思い出しかありません。アレクセイ様に会うことだけが楽しみで王都へ来たのに、アレクセイ様は私を遠ざけ、拒否し続けました。顔を合わすたびに、私はアレクセイ様の冷ややかな拒絶を感じ、傷ついていました。悲しくて眠れない夜も何度もありました。それでもなかなか離れる決心がつきませんでした」

アレクセイ様は私の言葉をしっかりと聞いていた。ただその顔色は悪く、焦燥感が滲んでいる。

「アレクセイ様と離れようという決心は、私にとって簡単ではありませんでした。本当につらかったのです。でもやっと心を決めて、アンテスで穏やかに暮らしていたのに……。アレクセイ様はフェルザー公爵となって私の前に現れた。そして再び私の心を乱し、苦しめた。もう……解放してほしいのです」

切実に訴えると、アレクセイ様は私から目を逸らして手を強く握りしめた。きっとひどく苛立っているのだろう。でもあと少しだけ、どうか最後まで聞いてほしい。

そう思いながら、私は言葉を続けた。

「幼い頃、王都で初めて会ったときから私はアレクセイ様だけを想っていました。遠く離れているときも、どんなに冷たくされても、その気持ちだけは消えなかった……。今でもです。私は別れを告げているこの瞬間も、アレクセイ様を想っています」

アレクセイ様はうつむいていた顔を上げ、私を見つめた。

「……だから、アレクセイ様と結婚はできないのです。側にいたらあなたの気持ちを求めてしまいます。側にいるのに、アレクセイ様がほかの女性を想っていることが耐えられないのです。私は形ばかりの妻にはなれないのです」

私だけを見てほしい。触れるのは私だけにしてほしい。

アレクセイ様を誰にも渡したくない。

「あなたが好きです。幼い頃からずっと……きっとこの気持ちはこの先も変わらない。忘れられないんです。だから苦しくて仕方ないんです。だからどうか私を解放してください……。お願いです」

言葉にしたからか、尽きたと思っていた涙があふれてくる。胸が痛くて苦しい。もうアレクセイ様の顔を見ていられなくて、私は顔を手で覆ってうつむいた。

その瞬間、ふわりと身体を抱きしめられた。

震える私を抱きしめながら、アレクセイ様が言う。

「ラウラ……、こんなに傷つけていたなんて、ごめん」

アレクセイ様の声も震えている。

「もういいんです。もう私に近づかないでください」

「無理だ……。俺はラウラを愛している。手離すなんてできないんだ」

アレクセイ様の言葉に、私は顔を上げた。

その瞬間目に飛び込んできたのは、とても傷ついたような、つらそうな顔だった。

「アレクセイ様？」

「ラウラ、俺の話も聞いてくれ。偽りは誓って言わない。ラウラに軽蔑されるかもしれないが、それでも真実だけを話す」

不安を感じながらも、私は小さくうなずいた。

アレクセイ様はホッとした様子で、私を大きな木の幹の辺りに座るように促した。

彼はその隣に座り、緊張した様子で口を開いた。

「俺が初めてラウラを遠ざけたのは、公務でアンテスに来た四年前の初夏のことだ」

「私のなにが悪かったのですか？」

声が震えてしまう。

アレクセイ様からの手紙が減ったことから予想はしていたけれど、私にとってあの初夏の日々は、恋を自覚した大切で愛しい思い出の日々なのだ。

それすらもはっきりと否定されるのはとてもつらい。

アレクセイ様はできれば言いたくなかったのだろう。とても苦しそうに答えた。

「嫉妬で耐えられなかったんだ」

「……え？」

思ってもいなかった言葉だった。いったいどういうことなのだろうか。

「四年前、アンテスで再会したとき、記憶の中の姿とは比べものにならないくらい成長して女らしくなったラウラを見て、戸惑った。でもラウラは屈託なく俺に接してくれたから、俺も昔みたいに振る舞うことができたんだ。あの日までは……」

「あの日？」

思い当たることはなにもない。

「四年前にもこの湖の屋敷に来た日のことは覚えているか？」

「はい。もちろんです」

アレクセイ様と初めてのキスをした、恋心を自覚した、私にとっては忘れられない大切な想い出の日だ。

「あの日、ラウラと過ごしてから独占欲がますます強くなった。同時に気になりだしたのが、リュシオンの存在だ。あいつは、四年前にはあたり前のようにラウラの側にいた。ラウラもリュシオンを頼り切っているように見えた。だから俺はいても立ってもいられない気持ちになったんだ。そしてリュシオンに剣の勝負を挑んだ」

「えっ？　リュシオンにですか？」

信じられない。ベルハイム王国一の騎士リュシオンに、剣で勝負を挑むなんていくらなんでも無謀すぎる。

「愚かだと思っているだろう？」

唖然とする私に、アレクセイ様が言った。

「いえ、そんなことは……。でもどうして勝負なんてしたのですか？　アレクセイ様は誰もが認める優れた王子殿下です。リュシオンとは仕事も立場も違います。剣で競う必要なんてないのに……」

「俺は、王族の身分に物を言わせてラウラを妻にしたいわけじゃない。俺自身の力でラウラの一番になりたかったんだ。それに自信があったんだ、リュシオンにだって負けないと。でも結果は手を抜いたあいつに惨敗。プライドは砕け散って、俺は逃げるようにアンテスを去った」

「そんなことが……。私はなにも知りませんでした」

「こんな情けない話、ラウラに言えるわけがないだろう？」

アレクセイ様は、自嘲するように口もとをゆがめた。

「王都に戻ってからも、ラウラとリュシオンのことが気がかりでたまらなかった。ラウラから何度も手紙をもらったが、いつもリュシオンのことが書かれていたんだ。楽しみだったラウラからの手紙が苦痛なものに変わっていった」

「そんな……」

私はアレクセイ様を想って、心を込めて手紙を書いていた。それがアレクセイ様を苦しめていたなんて。

「そんな顔をするな。ラウラが悪いわけじゃない。俺自身の問題だからな……。王都での俺はそれまで以上に剣の腕を磨き、座学にも励んだ。リュシオンよりも優れた男になりたい一心で必死だった。でもその間にもあいつの名声は高まるばかりで、焦る気持ちは膨らんでいった。そんなとき、ラウラが王都へやって来たんだ」

「ベルハイム城で再会したとき、アレクセイ様が私を拒否したのはそのせいなんですか？」

今朝夢で見たせいもあり、そのときの光景が鮮やかに蘇ってくる。

「あれは……拒否したんじゃない。ただ一年ぶりに会ったラウラはますます女らしくなっていて、動揺したんだ。それなのに、子供の頃のように抱きついてこようとしただろう？　そんなことをされたら、辺境伯殿の前なのに抑えがきかなくなりそうだった。それで思わず拒否するようなことを言ってしまったんだ」

「では……私を嫌っていたわけではないのですか？」

アレクセイ様は、迷いなくうなずいた。

「その反対だ。ラウラへの気持ちを抑えるのに必死だった」

それは私にとって、あまりにも衝撃的だった。

長い間苦しんできたことが、実は私の思い違いだったなんて。

「ラウラが王都に移ってきてうれしかった。本当はもっと側にいたかったし、優しくしたかったんだ。でもうまくできなかった……。辺境伯殿が、ラウラの護衛にリュシオンを呼び寄せたからだ。王都の暮らしに慣れないラウラはあいつを頼ってばかりだったから、俺は近づくことができなかったんだ」

「私は……アレクセイ様が会ってくれないのは、嫌われているからだとばかり思っていました。あの頃の私には王都に親しい人はいませんでした。リュシオンしか頼れる人はいなかったのです。でもリュシオンに対して、アレクセイ様を裏切るような気持ちを持ったことはありません。誓って言えます」

リュシオンのことは信頼している。親しみも感じている。だけど、それはアレクセイ様への気持ちとはまるで違うもの。

「ラウラが裏切ったりしないと、今なら分かる。だがあの頃の俺は常に嫉妬に苛まれていた。疑心暗鬼になっていたんだ。そんなときに手紙が届いたんだ」

そう言いながらアレクセイ様は、上着のポケットから少しくたびれた白い封筒を取り出した。

どこかで見覚えのあるそれを、アレクセイ様は差し出してきた。

「……中を見てもいいのですか？」

「ああ。ラウラに見せようと思って持ち歩いていたんだ」

私に見せようとしていた？

怪訝に思いながらも、丁寧に封を開け中身を取り出すと、装飾のない白い便箋には、短い文章が書かれていた。

【邪魔者は身を引け。アンテス辺境伯令嬢には想い人がいる】

「え？　これは……」

これは、私の下に届いた手紙と同じようなことが書かれている。私宛てのは「王都」であり、「第二王子」だったけれど。

いったい、どういうことなの？

「アレクセイ様……この手紙は？」

混乱したまま、問いかける。

「ラウラからの誕生祝いの品の中に入っていたんだ」

「私からの……百合の花ですね？」

「ああ。アンテス家の使いが届けに来たものだ。だから当時の俺は、ラウラの側近の誰かが書いたものだと思っていた」

そう思うのも当然だ。アンテス家の者が届けた花に、他人がいたずらに手紙を紛れ込ませるなど不可能なのだから。できるのは私本人か、アンテス家の家人になるだろう。

「私はこの手紙についてなにも知りませんし、ここに書いてあることは偽りです」

「ああ。今となれば分かる。だが当時の俺は、ラウラとその周りの人間へ疑いの気持ちを持ったんだ」

その気持ちはよく分かる。私も同じだったから。

「それからも手紙は定期的に届いた。内容はさらにひどくなっていった。だいたいがラウラからの贈り物に紛れていたが、決定的だったのがラウラが社交界デビューする夜会の数日前に届いたものだ」

「……なにが書かれていたのですか？」

「婚約を解消したい。王子殿下のエスコートは不要です。ラウラの筆跡でそう書かれていた」

「ま、まさか！」

有り得ない。だって、私は絶対にそんな手紙は書いていないのだから。

「幼い頃から何年も手紙のやり取りをしていたんだ。ラウラの筆跡は見慣れている。見違えるわけがない。だからラウラからの手紙だと疑わなかった」

「だから私のデビューのとき、来てくださらなかったのですか？」

あの夜、アレクセイ様が迎えに来てくれないと知った私は、項垂れながらお父様に連れられ王宮の夜会に行ったのだ。

「それがラウラの望みだと思っていたんだ」

「そんな……私はアレクセイ様がエスコートしてくださることを心から楽しみにしていたのに……。誰がこんなひどい嫌がらせを？」

「その件については解決している」

「えっ？　犯人が分かったのですか？」

「ああ。それは後でゆっくり話す。なんにせよ俺がラウラを避けていたのは、リュシオンと手紙が主な原因だ。だが根本は、俺が卑屈になって自信を持てなかったからだ。その証拠に手紙の一件が解決した後もラウラに気持ちを伝えることすらできなかったんだからな」

「アレクセイ様は……、ずっと私を好きでいてくれたのですか？」

「ああ。初めて会った頃から、ラウラしか見ていない」

「……本当ですか？」

「誓って言う。本当だ。昔も今も、俺にはラウラしかいない」

アレクセイ様の真摯な目は、それが真実だと伝えてくれた。あれほど信じられないと思っていたアレクセイ様の言葉を、今、私はようやく信じられると思った。

やっと、アレクセイ様の心が見えた気がした。

「もう……ほかの人と婚約したいなんて言いませんか？」

「絶対、言わない。この前も言ったがあれは嫉妬が抑えられなくてラウラに当てつけてしまったんだ。ラウラは、リュシオンを想ってそのネックレスを着けていると思っていたから。デリアとは本当になんでもないんだ」

「……アドルフ男爵令嬢は？」

「アドルフ男爵からそういった話はあったが、その場で断った。俺が欲しいのはラウラだけだから」

アレクセイ様がきっぱりと言い切る。

「それなら……約束してくださいますか？」

切ない目で私を見つめるアレクセイ様にそう告げ、返事が来る前に続けた。

「いつも側にいてください。私だけを見ていてください。触れるのは私だけにしてください。……もうほかの人を抱き寄せたりしないで。アレクセイ様に抱きしめてもらえるのは、私だけであってほしいんです」

「ラウラ！」

泣きながら訴える私をアレクセイ様は強く抱きしめた。

逞しい腕に抱かれると、アレクセイ様への想いがますます強くなる。

「アレクセイ様……好きなんです。私……」

言いかけた言葉を、最後まで口にできなかった。

アレクセイ様に激しく唇を塞がれてしまったから。

想いをぶつけるように、何度も何度も繰り返し口づけられる。

「ラウラ……愛している」

「アレクセイ様……あっ……んんっ」

気が遠くなりそう。

でももっとこうしてアレクセイ様の腕の中にいたい。私の気持ちを伝えたい。

私はアレクセイ様の背中に腕を回し、しがみ付くようにアレクセイ様を抱きしめた。

アレクセイ様の腕の力がさらに強まる。

苦しいほど強く抱きしめられ、もうなにも考えられなくなるぐらい深く口づけをされた。

すれ違っていた時間を埋めるように、強く抱きしめ合って私たちはたくさんのキスを交わした。

アレクセイ様への想いを伝えたくて、アレクセイ様の想いを感じたくて。

もう一時《いっとき》だって離れたくない。そんな気持ちでいっぱいだった。

「ラウラ」

私の頬に触れるアレクセイ様はとても幸せそうに見える。

豪奢な金の髪の間から覗く深い青色の瞳は、いつもよりもずっと甘く、私をときめかせる。

「アレクセイ様……大好き」

自然と言葉が出てきた。今まで言えなかった反動からか、伝えたくてたまらない。

「ラウラ……ずっとこのままでいたい」

アレクセイ様が甘くささやく。

「離したくない」

すっかり惚けてしまった私に、アレクセイ様が顔を寄せる。

目を閉じて受け入れようとしたそのとき、カサリと芝を踏む音が聞こえた。

私が驚き目を開いたのと同時に、アレクセイ様が離れていく。

「時間切れか」

アレクセイ様が小さくつぶやいた。

「時間切れ？」

アレクセイ様と同じ言葉をつぶやき、辺りを見回した私は少し離れたところにリュシオンの姿を見つけた。

「リュシオン？　どうしてここに？」

「お迎えに上がりました」

そう言えば、リュシオンは後で迎えに来ると言っていたっけ。改めて周囲を見ると、もう夕日が沈む頃だった。

アレクセイ様が立ち上がり、リュシオンに向かって歩いていく。

「アレクセイ様？」

私も慌てて立ち上がり、後を追う。

アレクセイ様はリュシオンにとても穏やかな口調で声をかけた。

「リュシオン、知らせてくれて助かった。もう大丈夫だ」

「いえ、ラウラ姫の心の憂いが晴れたようで安心いたしました」

いったいなんのこと？

「ラウラがここにいると、リュシオンが知らせてくれたんだ」

「……え？　どうしてアレクセイ様に？」

「それがラウラ姫の望みだと思ったからです。差し出がましいことをいたしました。申し訳ありません」

「……ありがとうリュシオン。アレクセイ様に知らせてくれて。それにおばあ様のお話も、ネックレスのことも」

リュシオンは今までだって、いつも私の悩みにすぐに気づいてくれた。今回のことも、私がアレクセイ様とうまく話せるように、手助けをしてくれたのだ。

「帰りは馬車を用意しております。こちらにおいでください」

リュシオンはアレクセイ様と私を屋敷の方へと促した。けれどアレクセイ様は立ち止まったまま、リュシオンを見据えて言った。

「今回のことは感謝している。知らせてくれなかったら、俺はラウラを失っていたかもしれない。お前のおかげだ」

アレクセイ様がリュシオンに頭を下げた。

驚く私の前で、アレクセイ様はさらに驚く発言をした。

「これからもラウラを助けてやってほしい」

リュシオンは、一瞬驚いた表情になり、それから穏やかに答えた。

「もちろんです」と。

ふたりで馬車に乗り込むと、私はすぐにアレクセイ様に尋ねた。

「アレクセイ様。リュシオンのこと、いいのですか？」

「もう大丈夫だ……。ラウラが俺だけを想ってくれているとよく分かったから」

「はい。私が愛しいと感じるのはアレクセイ様だけです。アレクセイ様も同じように私のことを想ってくれていると信じてますから」

「ああ。一生信じていいからな」

アレクセイ様は、優しく笑い私を腕で包みこむ。

温かな腕の中。あまりに幸せで涙が出そうだった。

幸せいっぱいの私たちを乗せて、馬車は進んで行く。

アンテス城に戻ったら、一番にお父様に報告だ。

幸せな報告ができることを、とても幸せに感じていた。

第五章　婚約したその後は

湖へ続く道には、色とりどりの花が咲き乱れている。

緑の木々に囲まれた小さな湖、そこから続く花の道。

この屋敷とも、あと一ヶ月でお別れだ。

私がいなくなった後の管理は、エステル指揮の下、家人たちが引き継いでくれるから安心している。

最後のひと月で、やり残しがないか確認をするために花畑を歩き回っていると、遠くに金色の煌めきが見えた。

あれは……、アレクセイ様？

思いがけないことに驚いていると、私を見つけたアレクセイ様が真っすぐに駆け寄って来た。

「ラウラ！」

有無を言わせずに腕の中に抱きしめられる。

閉じ込められた腕の中、必死に顔を上げてアレクセイ様に問いかけた。

「当分フェルザーの領地を離れられなかったのでは？」

アレクセイ様はとびきりの笑顔で言った。

「少し時間が空いたから、ラウラに会いたくて馬を飛ばして来た」

「少しって……。ではすぐにお戻りになるのですか？」

「ああ、三日後には領内会議だ。残念ながら泊まってはいけないな」

「三日後？」

思わず高い声が出てしまった。

フェルザー領からアンテスまでは早馬でも三日はかかる。

アレクセイ様は来た途端に帰らなくては、会議に間に合わなくなってしまう。

「いくらなんでも、無茶が過ぎませんか？」

「全然。あと一ヶ月もラウラと会えない方が無茶だろ？」

「だ、だからって、突然来るなんて……」

「……ラウラは俺に会いたくなかったのか？」

少しいじけたようなアレクセイ様の声。

私はクスリと笑いながら答える。

「いえ、とても会いたかったです」

正直に言えば、会いに来てくれて、とてもうれしい。

今日はずっと一緒に過ごしたい。

「私も会いたかったです。来てくれてありがとうございます」

アレクセイ様は、輝くような笑顔を見せてくれた。


私たちが気持ちを確かめ合ったあの日の夜。

ふたりで、お父様に心を決めたと報告した。

お父様はとても喜んでくださって、私たちはすぐに正式な婚約者となった。

アレクセイ様がアンテスに滞在している間、離れていた時間を取り戻すように、たくさんの話をした。

その中で、私が持っている手紙も見せた。

お互いが持つ手紙には、明らかに共通点がある。

アレクセイ様はとても驚いていたけれど、手紙を仕掛けた犯人を教えてくれた。

それは、驚くべき話だった。

私たちの仲を引き裂こうと手紙を送ってきたのは、アレクセイ様の実の兄君。

ベルハイム第一王子殿下だったそう。

アレクセイ様と同じ王妃様を母君とする第一王子のルカ様は、先日次期国王となる王太子として正式に認められていた。

アレクセイ様より三つ年上で、王妃様譲りの黒髪、黒瞳の孤高な雰囲気を持つ方だ。幼い頃から将来の国王として、第二王子のアレクセイ様に比べて厳しい教育を受けてきたそう。

そんな方が、あんな陰湿な手紙を出したとは、とうてい思えなかった。第一、動機が考えつかない。

『兄上は俺とラウラの結婚を阻止したがっていたんだ』

『どうしてですか？』

アレクセイ様は、他言禁止としながら、ことのあらましを語ってくれた。

ルカ様は、私がアンテスから王都へ住まいを移した一年前に、格式高い伯爵家の令嬢と結婚をしている。

政略結婚だったけれど、結婚してすぐに伯爵が病に倒れ、その長男が当主代行を務めることになった。

ところが、彼の政治的手腕にはかなり問題があり、伯爵家の勢力はどんどん弱まる一方。

ちょうどアレクセイ様が勉学と剣術に励み、実力を上げていった時期で、王宮内にはアレクセイ様を次期国王にといった声も出はじめていた。

ルカ様から見れば、うしろ盾になるべき妻の生家の衰退。そんな中での第二王子の台頭は脅威だったのだろう。

しかも第二王子の婚約者は、妻の実家よりも遥かに力を持つ辺境伯の娘。結婚後、確実にアレクセイ様の勢力は強くなる。

ルカ様の焦りは日々高まっていき、ついにはアレクセイ様と私の婚約を妨害する工作を始めたのだ。

私たちが仲違いをして、自ら離れていくように。

信じられないけれど、たしかにルカ様ならば、アレクセイ様からの贈り物に偽物の手紙を紛れ込ませることは可能だ。

私からの贈り物についても、届け先は王宮。彼の手の内だ。

不可解だった私の筆跡については、巧妙に偽装されたものだと判明した。

アレクセイ様はルカ様が犯人だという証拠を掴むと、本人に直接問い質したそうだ。

その中で彼の動機を知り、自分は王位に興味がないことを訴えたけれど、疑念を晴らすことはできなかったという。

『俺が必死になって知識を高め剣の腕を磨いたのは、ラウラにとって最高の夫になりたかっただけなんだけどな。兄上の目にはそう映らなかったみたいだ。手紙の件は証拠を突きつけて追及したからけりがついたが、王位を望んでいると疑われたまま和解には至らなかった』

よほど苦労したのだろう。アレクセイ様が遠い目をして言う。

『なんとしてでもラウラとの結婚を妨害したかったみたいだな。俺たちの不仲な様子を見て、企みがうまくいってると調子づいたせいで証拠を掴まれたんだけどな』

『……話し合いのとき喧嘩になりませんでしたか？』

アレクセイ様はそのときのことを思い出したのか、嫌そうに顔を顰めた。

『喧嘩なんてもんじゃない。俺は怒り狂って兄上のところに殴り込んだんだからな。兄上のくだらない工作のせいで、ラウラとの関係は悪化したんだから許せるわけないだろ？』

『な、殴り込んだのですか……』

『まあ話しているうちに、そもそもラウラと関係が悪くなったのは俺自身が原因だって気づいたんだけどな。あんな手紙がいくら届いたって、俺がラウラの婚約者として自信を持っていれば、くだらない悪戯と捨て置いていたはずだ。完全に騙されて兄上の思惑通りラウラと距離を置いたのは、俺の心の問題だからな』

『そうですね……。私もアレクセイ様との関係に自信を持てていたら、手紙のことをすぐに相談していたと思います。嫌われていると思っていたから、話せなかったのです』

手紙工作は終わったものの、アレクセイ様への牽制はそれからも続いたとのこと。本人は言わなかったけれど、アレクセイ様が私を遠ざけたまま状況を改善しなかったのは、ルカ様の問題もあったからだと感じた。

ルカ様が私にまで手を出したらと心配してくれたらしい。

『今はもう、落ち着いたのですか？』

『ああ、俺は自分から望んで臣籍に降りフェルザー公爵となったからな。ようやく目が覚めて冷静になれたんだろう。レオンとエステルの結婚式の後に謝罪を受けた。一時はベルハイム国の先行きが不安だったが、まともな王になってくれそうで安心した』

『ルカ様は本来はとても優秀な方ですものね。謝罪をいただいたということは、話し合ってすべて解決したのですね？』

『解決はしたな。これと言って話し合ってはいないけど』

『え？』

『レオンたちの結婚式の後、俺はすぐにアンテスに旅立ったからな。兄上と話し合う時間なんてなかったよ。少しでも早くアンテスに到着してラウラとの関係を改善しようとそればかり考えて、ろくに寝ないで馬を飛ばして来たんだからな』

『そ、そうなんですか』

だからアレクセイ様の到着はほかの招待客の方より早かったのか。

アレクセイ様は私との関係を新たにやり直すと決意して、アンテスに来たそうだ。

問題の手紙を持っていたのは、過去の態度の説明をするとき私に見せようと考えていたからだそうだ。

ただ、なかなか本当のことは言い出せなかったようで。

『自分より強くて、いつもラウラと一緒にいられるリュシオンに嫉妬していた。イライラしてラウラに八つ当たりしてしまっていた。ラウラに当てつけるために、ほかの女には優しい声をかけていた。俺にも嫉妬してほしかったから……なんて、情けなくて言えるわけないだろ？』

すれ違ってばかりでつらい思いはしたけれど、今はアレクセイ様に寄り添っていられる。

私はとても幸せだ。

暖かな日差しの中、アレクセイ様と湖畔を散策した。

一ヶ月ぶりの再会だから、話は尽きることがない。

「アレクセイ様、あちらに新しい花壇を作ったんです」

自慢の花壇を見てほしくて、アレクセイ様の手を引き、駆け出そうとした。

「ラウラ、昨日雨が降ったから道が泥濘《ぬかる》んでいるんだ。あんまり急ぐな」

いつか聞いたような台詞を、アレクセイ様が口にした。

その瞬間、ずるりと足もとがすべるのを感じ、私は小さな悲鳴をあげた。

「ほら言った側から……。大丈夫か？」

アレクセイ様はあきれたように言いながら、私が転ばないように抱き止めてくれる。

私はアレクセイ様を見上げて微笑んだ。

「アレクセイ様、こんなことが昔もありましたね。覚えていますか？」

「ああ。忘れるわけがない。ラウラと初めてキスした日だからな」

アレクセイ様はそう言いながら私を抱きしめ、唇を寄せてきた。

私は幸せな気持ちになりながら、受け入れた。

アレクセイ様も私も、あの頃と変わっていなかった。

いつも心はお互いを求めていたのだ。

ただ……。

「アレクセイ様っ……、ちょっと待ってください……」

「無理に決まってるだろ？」

「！　……っ」

どんどん激しくなっていくキスは、あの頃とは全然違う。

終わりなく求められて、私はすっかり惚けてしまった。


アレクセイ様とのとても濃厚な再会から一ヶ月後。

私はフェルザー公爵領へと旅立つため、アンテス城の広場にいた。

侍女や使用人が見送りに来ている。

家族への挨拶は昨夜済ませたけれど、お母様は未だに心配なようで小言が止まらない。

「いいですか？　フェルザー公爵領に着いたら土いじりはほどほどにするのですよ？

あなたは公爵夫人になるのですから、自覚を持って何事にもしっかりと臨むのです。

今までのようにぼんやりと過ごすわけにはいきませんよ」

長々と続く話に辟易していると、お兄様がからかうような口調で、話に割って入ってきた。

「母上、心配しなくても大丈夫です。フェルザー公爵に嫁いだら、そんな暇はありませんから。そうだよな？　ラウラ」

そうだよな？って言われても……。フェルザー公爵夫人の仕事ってそんなに忙しいの？

怪訝な表情の私に、お兄様はよりいっそうの含み笑いを浮かべて私の耳もとでささやいた。

「アレクも我慢の限界だろうからな。当分ベッドから出してもらえないんじゃないか？　初夜は覚悟しておけよ」

「なっ……なんてこと言うのですか？」

私は真っ赤になってお兄様を突き飛ばしてしまった。

信じられない。とてもじゃないけど紳士の言葉とは思えない。

「ラウラ！　いい加減落ち着きなさい！」

わなわなと震える私を、お母様が叱ってくる。

そこに、お父様たちが話しかけてきた。

「ラウラ、幸せになりなさい」

「お父様……ありがとうございます」

「お姉様。私たちもすぐにフェルザー領に行きますね。結婚式が楽しみです」

「ありがとう、グレーテ。待っているわ」

続いて、すっかりアンテスの暮らしになじんだエステルが歩み寄って来た。

「ラウラ。湖の屋敷のことは心配しないでね。みんなと協力してさらに発展させるわ。あそこはアンテスの観光の名所としても、とても素敵なところよ。がんばるわね」

「あ、ありがとうエステル」

みんなに見送られて、私は馬車に乗り込んだ。

生まれ育った大好きなアンテスを去ると思うと、寂しくなる。

でもフェルザー領ではアレクセイ様が待っていてくれる。

希望を持って、私はアンテスから旅立った。


フェルザー領はアンテスと違い、内陸の草原に広がる領地だ。

アンテスより少しだけ暖かい。

休憩するために馬車から降りるたび、私は見慣れない景色に惹かれ、あちこち歩き回りたくなった。

それを止めるのは、護衛として付いて来てくれたリュシオン。

「ラウラ姫。そろそろ出発しましょう。フェルザー公爵が首を長くして到着をお待ちですよ」

「あっ、そうね」

私は慌てて馬車に戻る。

道中で自然の花畑をいくつも見ながら、リュシオンの護衛で何事もなくフェルザー公爵の城に到着した。

「綺麗！」

私は感嘆の声をあげた。

湖の中島に作られたフェルザー公爵の城は、青い屋根と白い壁がとてもかわいらしい。

これからはここでアレクセイ様と暮らすのだ。

馬車は速度を落とし、湖にかかった広い橋を渡っていく。

その先の城の入口に、見慣れた黄金の煌めきを見つけた。

胸の中が、喜びで満たされていく。

私がフェルザー公爵領に移り住んでから、一週間後。

フェルザー城の北に位置する礼拝堂には、多勢の人が集まっていた。

教会の扉を開け一歩踏み出すと、着飾った人たちの視線が私に集まった。

パイプオルガンの奏でる荘厳な音色を耳にしながら、お父様のエスコートで長いバージンロードをゆっくりと進んで行く。

その先には、ステンドグラスから差し込むやわらかな光を背にした、正装姿のアレクセイ様の姿が。

アレクセイ様に手を取られふたり並び立つと、厳かに式がはじまった。

「第十七代フェルザー公爵アレクセイ・ロイス・ベルムバッハ・フォン・フェルザーは、アンテス辺境伯長女ラウラ・エーレ・アンテスを妻とし、永遠の愛を神聖なる婚姻の契約のもとに誓いますか？」

司祭様の声が教会に響く。

「はい、誓います」

アレクセイ様の迷いない声が聞こえてくる。

「アンテス辺境伯長女ラウラ・エーレ・アンテスは、フェルザー公爵アレクセイ・ロイス・ベルムバッハ・フォン・フェルザーを夫とし、永遠の愛を神聖なる婚姻の契約のもとに誓いますか？」

「はい、誓います」

そう口にすると、大きく心が揺れた。

じわりと涙が湧いて、出会った頃からの思い出が次々と蘇る。

幼かった頃過ごした楽しい日々、アレクセイ様に恋をした夏の日、つらかった王都での暮らし。そして、逃げ出した私をあきらめずに追って来てくれたあの日。

けれど、こうしてみんなの前で神に誓うとその想いがとても尊いものに感じられ、涙が止まらなくなった。

アレクセイ様が私のベールをそっと外す。泣いている私を見て少し驚いた表情になり、それから優しいキスをくれた。

「神の名において、ここにふたりを夫婦と認めます」

司祭様の宣言を聞くと私たちは揃ってうしろを振り返る。

祝福してくれる家族や友人の顔が視界に入り、私は涙を止めて微笑んだ。

お父様と歩いたバージンロードを、今度はアレクセイ様とふたりで進む。

「ラウラ、お兄様、おめでとう！」

一番初めにお祝いの言葉をくれたのはエステルだった。続いてエステルの隣にいるレオンお兄様。

「アレク、ようやくだな！　ラウラを頼むぞ」

「ああ、任せてくれ」

アレクセイ様はとてもうれしそうな晴れやかな顔をして、お兄様の祝福に応える。

「エステル、お兄様、ありがとうございます」

私もアレクセイ様に続いてふたりに礼をし、それからそのすぐ隣のお父様たちにも頭を下げた。

「幸せになりなさい」

お父様の言葉にまた涙が浮かびそうになる。なんとか堪えていると、グレーテの無邪気な声が聞こえて来た。

「お姉様とても綺麗……私も花嫁になりたい」

「ふふ、ありがとう。グレーテにもいつか素敵な旦那様が現われるわ」

「本当？」

「ええ、それまでに素敵な女性になれるようがんばらないとね」

かわいいグレーテの頭をそっとなでてから、アレクセイ様と進み、来てくれた人たちに挨拶をしていく。

バージンロードの終点、扉近くにはリュシオンが控えていた。

アンテス騎士の最上の騎士服姿の彼は、護衛の立場でいるから会話はできない。けれど、今までの感謝の気持ちが届くように見つめると、ほんの少しだけ目もとが綻んだ気がした。

「ラウラ、大丈夫か？」

扉の前に立つと、アレクセイ様が優しく声をかけてきた。

この扉の先には、教会に入ることを許可されていない貴族、騎士たちが祝福に来てくれている。

教会の向こうの広場には、フェルザーの領民たちが集まっているとのことだから、私たちは領主夫妻としてしっかりとした姿を見せなくてはいけない。アレクセイ様の妻としての初めての役目で少し緊張する。だけど、私は微笑んでアレクセイ様に寄り添った。

「大丈夫です。アレクセイ様と一緒だから」

アレクセイ様がうれしそうな笑顔で言う。

「では、行こう」

「はい」

アレクセイ様の手に力がこもる。まるで離さないとでも言うように。

私、ラウラ・アンテスは今日、結婚した。

幼い頃からの想いを叶え、ずっと想い続けてきた、大好きで大切な人と。

幸福に包まれながら、扉が開き視界に光あふれる世界が広がるのを見つめていた。

第六章　授かった命

目が覚めると、愛しい人の腕に包まれている。

それがこんなに幸せなことだと、初めて知った。

愛おしさが込み上げてきて、温かくて逞しい胸に頬を寄せると、低いけれど甘やかな声が耳に届いた。

「ラウラ、起きたのか?」

そっと顔を上げると、海のような深い色味の碧眼と視線が重なり合う。煌めく黄金の髪に、彫刻のように完璧に整った麗しい顔。見慣れているはずの自分の夫に、私は今日も見とれてしまう。

「アレクセイ様、おはようございます」

「おはよう」

言葉と共に、抱き寄せられた。

「今日は、早いな」

「いいえ。いつもが遅すぎるんです」

「ラウラは寝坊ばかりだからな」

からかうようなアレクセイ様の声に、私は頬を膨らませる。

「アレクセイ様のせいです」

「俺のせい？　どうして？」

にやりと笑うアレクセイ様。答えなんて分かっているのにわざわざ聞いてくるところが、意地悪だ。

ふいとそっぽを向こうとすると、それより早く、アレクセイ様は私をシーツの上に組み敷いた。

「もしかして、こういうことをするから？」

アレクセイ様はそう言いながら顔を近づけ、キスをする。

「アレクセイ様！　朝からこんなこと……んんっ！」

抗議の言葉を飲み込むように、アレクセイ様のキスは深くなり、反対に私の抵抗はどんどん弱くなっていく。

アレクセイ様とのキスはあまりにも気持ちよくて、私はすぐに力を失ってしまう。

執拗に唇を貪られてから解放されたのだけれど、その頃には潤んだ瞳でアレクセイ様を睨むので精いっぱい。

「そんな怒るな、ラウラがかわいいのがいけないんだからな」

「そんな……」

理不尽すぎる！

アレクセイ様は私をなだめるように髪をなでていたのだけれど、いつの間にかその手を首もとにすべらせた。私がくすぐったさに身をすくめると、するすると手を下げ、胸もとへと移動させる。

私は身体をビクリと震わせ、不安に苛まれながらアレクセイ様を見つめた。

「すっかり敏感になったな」

アレクセイ様は満足そうにつぶやくと、さらに大胆に手を這わせ始める。

「ま、待って！」

激しく抵抗すると、アレクセイ様は眉をひそめた。

「待ちたくない」

「だ、駄目。今日こそちゃんと起きたいの！」

忙しい公務を調整してやって来た新婚旅行。

私の希望で花の栽培で有名なトリアの町に来てもう三日も経つというのに、連日寝過ごしてしまっている。信じられないことにずっと部屋の中で過ごしているのだ。今日こそ町に出て、健康的にいろいろなところを見て回りたい。

けれど、アレクセイ様はのんびりとした調子で言う。

「そんなに急ぐ必要はないだろ。もう少し休んでおけ」

「でも、朝市にも行きたいし、少し遠出もしてみたいし。せっかく来たのだから目いっぱい楽しみたいのです」

必死に訴えたからか、アレクセイ様はクスリと笑う。

「今夜は年に一度の祭りがあるそうだ。夜に備えてゆっくりしておいた方がいいんじゃないか？」

「え？　お祭り？　……私も参加していいのですか？」

期待でいっぱいの私に、アレクセイ様は満足そうに微笑む。

「ああ。好きなだけ楽しめばいい。ただし、俺の側から離れるなよ」

「はい！」

私は張り切って返事をする。うれしさのあまりアレクセイ様に抱き着いた。

まさかお祭りに参加できるとは思ってなかったから、気分が高揚する。

楽しみな気持ちを膨らませながら、とりあえず身支度をしようと起き上がろうとしたそのとき、体をぐいと引っ張られる。気が付けば起き上がったばかりのベッドに組み敷かれていた。

「ア、アレクセイ様？」

両手はアレクセイ様の手によって押さえられていて、身動きができない。

「ラウラ……」

アレクセイ様の目に危険な光が宿っている。ぞくっするほど色っぽくて、それでいて鋭い眼差し。私はこの目を何度も見たことがある。そう、昨夜も。

「あの、アレクセイ様、今日はお祭りに行くのですよね？」

「まだ時間があるだろ？」

「え？　でも、支度をしないと。それに夕方までの間に近くの植物園を見に行きたいです」

「植物園は今日じゃなくてもいいだろ？　俺は花よりラウラを見ていたい」

「えっ？」

アレクセイ様は今、なんて？

聞き返そうとしたけれど、それより早くキスで唇を塞がれた。

アレクセイ様のキスは、初めから深く激しくて息をする間もない。

敏感な口内を探られて、私は段々と抵抗する力も気持ちも失っていく。

「んっ、んん……」

角度を変えては何度もキスを繰り返される。私が抵抗しなくなったと気づいたのか、押さえられていた手は解かれていた。

自由になったアレクセイ様の手が、私の身体をなでていく。いつの間にか胸もとが広げられ、あらわになった首筋から胸を、アレクセイ様の熱い唇がなぞっていた。

アレクセイ様に触れられるところは熱を宿し、その熱は身体中を回っていく。

翻弄されていると、首筋にチクッとした痛みを感じ、はっと我に返った。

「アレクセイ様、待って！」

それまでより激しく抵抗すると、アレクセイ様はようやく身体を離してくれた。

だけど「待ちたくない」と眉をひそめた不満顔。それでも華やかな美貌からあふれる色っぽさはそのままで、私を強く誘惑してくる。

油断すると、このままアレクセイ様の腕に抱かれていたいという気持ちになりそうだ。

だけど、植物園を見たいし、お祭りには絶対行きたい。

とにかく今は冷静になってもらわないと。

そう考えている間にも再び抱き寄せられそうになり、私は慌ててアレクセイ様の胸を押し返した。

「アレクセイ様、待ってください。起きて支度をしましょう。今日こそ町に出ると昨日約束したではありませんか」

「俺は観光よりラウラとこうして過ごしたい、お前を抱いていたい」

アレクセイ様は私をじっと見つめながら頬に手を添えてくる。

こんなふうに強く求められると、頭がクラリとして誘いに堕ちてしまいそう。

だけど、滅多にないお祭りに参加する機会が……！

私は葛藤しながらも、アレクセイ様に訴える。

「私もアレクセイ様とこうしてゆっくり過ごしたいです。でも次またいつトリアに来られるか分からないし、せっかくの新婚旅行だからもっと活動したいです。それにお祭りは年に一度しかないのでしょう？」

私の必死の訴えが通じたのか、アレクセイ様の表情に戸惑いが浮かぶ。あとひと息だ。

「お願い。私、アレクセイア様と一緒にお祭りに行きたいの」

じっと見つめると、アレクセイ様は、はーっとため息を吐いてから、自らの髪を乱暴にかき上げた。

「そうだな。約束は守らないとな」

ようやく分かってくれたみたいだ。

「出かける支度をする。ラウラも準備しろ」

「はい」

ほっとしながら身を起こすと、アレクセイ様が憮然とした様子で言った。

「やけにほっとしてるな」

「え、そんなことは……」

「今抑えた分、今夜は覚悟しておけよ?」

か、覚悟?

さらりと発せられた言葉に、私は動揺して固まってしまう。

その様子を見てアレクセイ様は小さく笑うと寝室を出て行った。


私たちが泊まっている宿は、煉瓦造りの家が立ち並ぶ町の風景の中で、異質な印象の真っ白い石造りの建物。

コの字型の凹んだ位置に出入口があり、植栽で緑に彩られている。

避暑地で見かける貴族の別宅のような雰囲気だ。

部屋は三階の一番奥。

出入口に近い方に居間があり、奥が寝室。ほかにはバスルームと、書斎。

居間は高級な調度品で上品に整えられており、寝室は壁際の大きな窓と天窓からさんさんと陽の光が降り注いでいる。天窓の下には真っ白なシーツで整えられた大きなベッドがある。

そのベッドの上でアレクセイ様の去り際の台詞に動揺していると、旅に同行しているアンナがやって来て身支度を手伝ってくれた。アンナや護衛騎士たちは下の階に部屋を取っている。

アンナが外出用に用意してくれたのは、落ち着いた赤色の動きやすいドレス。長めのスカートの裾には動きやすいようにスリットが入っている。

茶色の編み上げブーツを履き、卵色の外套を羽織り、髪をみつ編みにして日よけの帽子をかぶってできあがり。

よく見かける旅人の服装で、トリアの町でも浮くことなくなじむものだ。

鏡で確認した姿に満足するとアレクセイ様の待つ居間に向かう。

私が寝室を占拠してしまったから、アレクセイ様は多分書斎で着替えをしているのだろうけれど、もうとっくに準備を終えているはず。

扉を開けるとアレクセイ様は支度を終えた様子でゆったりとソファーで寛いでいた。

それは予想通りだったのだけど、私は言葉を失いその場で立ち止まってしまった。

だって、アレクセイ様の格好が……。

「ラウラ、どうした？」

私に気づいて声をかけてくるアレクセイ様の態度は普段と変わらないのだけど、その姿はいつもとまったく違っている。

アレクセイ様の衣装は旅人が道中の護衛に雇う傭兵のものだったのだ。

黒いズボンに、同色の丈の短い上着。動きやすさを考慮しているためか、袖は短く肘から先はむき出しになっている。腰には剣を帯びており、足もとには頑丈そうなブーツ。

普段は綺麗に整えている髪をあえて無造作な感じにしている。

ひとつひとつは飾り気のないものなのに、黒を基調とした衣装に黄金の髪が映えていてとても目立つ。

もともと絢爛豪華な雰囲気の持ち主だし、顔立ちも端正だ。そのせいか変装しても無駄なのだ。どうやっても人目を引く。

いつもと違う姿に、私は言葉もなく見とれてしまう。

公爵に相応しい正装姿のアレクセイ様ももちろん素敵だけれど、どこか荒々しい雰囲気を醸し出している今のアレクセイ様もかっこよくて目が離せない。

「どうしたんだ？」

さすがにアレクセイ様が不審そうに顔を曇らせた。

「い、いえ……なんでもありません」

ようやく言葉を発した私にアレクセイ様は不思議そうにしていたけれど、それ以上追及してくることはなかった。

代わりに私の格好を褒めてくれる。

「ラウラのそういう姿もかわいいな」

「ありがとうございます」

だけど絶対にアレクセイ様の方がかっこいい。

「行こう」と差し出してくれる腕は逞しく、歩く姿は普段より颯爽としている。

新鮮味ってすごく重要なんだなと実感した。

ふたりで宿を出ると、まずは色とりどりの花を楽しめるという公園に向かった。

公園はトリアの観光名所らしく、大勢の人であふれている。

町に出てからずっと私たちの手は繋がれている。はぐれたら困るからとアレクセイ様がしっかり握ってくれているのだ。

アレクセイ様は私が転んだりぶつかったりしそうになると、力を込めて抱き寄せてくれる。頼りになる腕で支えられるたびに私は胸が高鳴るのを止められない。

だって……横目で見る今日のアレクセイ様はやっぱり素敵すぎるから。

アレクセイ様であるのは間違いないのに、なんだか別人みたい。

自分の夫にこんなにときめくなんて、浮かれすぎている。だけどそう自覚していてもアレクセイ様を見るたびにいちいち反応してしまうのだ。

「なんだか様子が変だな？　大丈夫か？」

ソワソワしている私の様子に気づいたのか、アレクセイ様が顔を覗き込んでくる。

思わず赤面しながら私は慌てて口を開いた。

「私は大丈夫です。それより護衛を置いてきて本当に大丈夫なのですか？」

「ああ、なにかあっても、ラウラは俺が守るから心配いらない」

アレクセイ様は腰に帯びた剣をなでながら言う。

彼の剣の腕前は王子だった頃から優れていると有名で、そこらの騎士では歯が立たないと聞いている。

実際に戦っている姿は見たことがないけれど、今日は傭兵の姿をしているからか華麗に剣を振るうアレクセイ様の姿が想像できる……。きっとすごく素敵なはず。

「ラウラ、どうした？」

またもやぼんやりしてしまったようでアレクセイ様に呼びかけられる。

「ごめんなさい、大丈夫です」

いけない、さっきから上の空になりすぎている。これというのもアレクセイ様がかっこよすぎるからだ。

「そんなに心配するな。護衛をつけてはいないが、騎士たちに交代で町の見回りをさせている。万が一騒ぎが起きたら、すぐに駆けつけて来るはずだ」

「よかった。お兄様とエステルは本当に護衛なしのお忍びに出るそうなので、それよりはずっと安心です」

「あいつらは、自由だからな……まあレオンがいるなら大丈夫だろ」

他愛ない会話をしながら公園をゆっくり歩く。

しばらくすると一面の花畑が視界に飛び込んできた。

「すごい！」

私は声をあげながら花畑に駆け寄って行く。

花畑は目に見える範囲すべてに広がっていて、主に紫色の花がなだらかな丘で風を受けてそよいでいた。

これはなんていう花なんだろう。アンテスでは目にしなかったし、フェルザー城の庭園にもなかった。

「紫の花が気に入ったのか？　ラウラの瞳の色と似ているな」

「はい。育てたことのない花です。とても綺麗」

「苗を持って帰ってフェルザー城に植えたらどうだ？」

「そうですね、手に入ればいいのだけれど」

そうしたらフェルザー城の私の部屋から眺められるところに植えて、自分で手入れをして育てたい。

厳しい女官長がなんと言うか心配だけれど。

「公園の管理人を探して聞いてみよう。女官長には俺から言っておくから、好きなだけ植えていいからな」

「……アレクセイ様って私が考えていることが分かるのですか？」

まるで思考を読まれたような的確な提案に、私は驚きながら聞いてみる。

「分かることもある。ラウラは油断していると、感情が顔に出るからな」

アレクセイ様はくすりと笑いながら言う。

「最近は、俺の前でもずいぶん油断してくれるようになったから喜んでいたところだ。王都で警戒されているときは、あまりの無表情にどうしようかと思ったが」

「あれは……アレクセイ様に嫌われていると思ってたから。それにヤキモチをやいていたし。アレクセイ様は私には冷たいのにほかの令嬢には優しかったから」

「それにしては嫉妬を顔に出してなかったな。俺としてはもっと嫉妬して、訴えてほしかったところだが」

「訴えるって、泣きながら責めるとかですか？」

「それもいいな」

内心はとてもどろどろしていてアレクセイ様を責めたい気持ちもあったけれど、反応が恐くてできなかった。さらに嫌われるかもしれないと不安だったたし。

「……では、もしこの先私がやきもちを焼くようなことがあったとして、そのとき私が錯乱して泣いて責め立てたらどうしますか？」

「愛情が伝わるまで抱き続ける」

「……え？」

アレクセイ様は真顔で言うけれど、私は顔がひきつってしまう。

「俺にはラウラだけだと分からせるまで離さない」

「そ、そうですか」

感情のまま訴えるのは止めた方がいい気がする。そんなことを考えていると、アレクセイ様がふっと笑った。

「冗談だ」

「え？」

首を傾げる私を、アレクセイ様は真っすぐ見つめて言う。

「だけど、今度から不安なことがあれば抱え込まないでなんでも話してほしい。つらいことを我慢して笑顔がなくなるのを見ていたくない。ラウラにはいつも幸せでいてほしいんだ」

「アレクセイ様……」

「俺も公爵としてはまだまだ未熟だ。だからふたりで少しずつがんばっていこうな」

「はい！」

笑顔で応えるとアレクセイ様が手を差し伸べてくれる。私はその手をしっかり握った。これからもアレクセイ様と共に歩み成長したいと願いながら。

アレクセイ様の交渉で紫の花を手に入れた頃には夕日が沈み、辺りは紫色に染まり、夜が訪れようとしていた。

街中で陽気な音楽が流れ出す。楽しいお祭りの始まりだ。

中央通りには出店が並び、様々な食べ物が売りに出されている。

ひと通り見て回った後、おなかが空いていたので目についた屋台で串焼きを買う。

アレクセイ様は大きな肉を、私はウインナーと野菜の串を選んだ。

建物に背中を預けながら豪快に串焼きを食べるアレクセイ様の姿は、まるで本当の傭兵のように様になっている。少し離れてついつい見とれていると、アレクセイ様と目が合ってしまった。

「やっぱり今日のラウラはおかしいな。やけに俺を見ているし」

「え、そんなことはないですよ」

また誤魔化そうとしたのだけれど、アレクセイ様はにやりと笑って言った。

「もしかしてラウラはこの服装が好きなのか？」

「えっ？」

しつこく見すぎたせいでばれてしまった？

なにか言おうとしたけれど、察したアレクセイ様には通用しない。

「へえ、ラウラが、傭兵タイプが好みとはな」

なにを考えているのか、アレクセイ様が意地悪そうな笑みを浮かべている。

「アレクセイ様、なにか企んでいるのでしょう?」

警戒する私に、アレクセイ様は近づいてきて、距離を詰める。

もともと側にいたから捕まるのはあっという間。簡単に手を掴まれ腰に手を回される。

「だ、駄目です、外でこんなこと」

「ラウラが誘うような目で見てくるのが悪い」

アレクセイ様はそう言いながら、腰に回した手と逆の手で私の顎をすくってくる。

この体勢ではキスをされる?

慌てていると、彼は碧い目で私を見つめながら言う。

「ラウラ、愛している」

耳に飛び込んできたその言葉に、鼓動が高鳴る。

今日のアレクセイ様はまさに理想の姿なのだ。

見ているだけでときめいているのに、こんなふうに愛をささやかれては……抵抗なんてできるはずがない。

そのままキスを受け入れようとしたとき、「こんなところでなにしてるんだ」と耳障りな声がした。

私はビクリと身体を震わせ、アレクセイ様は私から身体を離してゆっくりとうしろを振り向く。極めて不機嫌そうに、身体中から苛立ちを発しながら。

「こんなところでいちゃついて、少しは人の迷惑を……」

どうやら酔っ払い数人が絡んできたらしい。困ったなと思っているとアレクセイ様は酔っ払い全員を簡単に捕獲し、近くにいた兵士に引き渡してしまった。

その仕事の速さと強さに呆気に取られていると、アレクセイ様に手を引かれた。

「そろそろ帰ろう」

酔っ払いのせいで気分を害してしまったのだろうか。アレクセイ様は私の手を引き真っすぐ宿に向かう。町の様子はひと通り見られたからいいのだけれど、まだお祭りの最後の花火が終わっていない。できれば見たかったのだけれど。

「花火なら大丈夫だ」

またもや私の思考を読んでいたかのようなタイミングでアレクセイ様は言い、戸惑う私を連れて宿屋に戻った。

居間を通り寝室に向かう。そしてベッドも通り過ぎてアレクセイ様は大きな窓の扉を開いた。

そこは広いバルコニーになっていて、ゆったりしたソファーが置いてある。

「ここから花火が見られるらしい」

その言葉が終わるとすぐに、夜空に鮮やかな花火が打ち上がる。

「……綺麗」

赤に、黄色に、青。花のように美しい花火が次々と夜空に咲く。

隣同士に座り、アレクセイ様の肩にもたれて見る花火は最高だ。

次々と輝く色とりどりの光の中、うっとりしているとアレクセイ様の手が肩に回った。

「さっきの続きをしよう」

耳もとでそうささやかれ、顔を上げるとすぐに唇を塞がれる。

唇を甘噛みされ小さな声をあげると、アレクセイ様の舌が押し入ってきて口内を蹂躙《じゅうりん》される。

強引で性急で、私はすぐに息が切れてしまう。だけど愛する人にされるキスはなによりも幸せで、気がつけば広い背中に腕を回して激しいキスに応えていた。

「ラウラ、愛しているよ」

耳もとで何度もささやかれる。

「アレクセイ様、私も愛しています、これからもずっと……」

アレクセイ様の背中に回した腕に力を込めながら言うと、それまできつく抱きしめられていた身体を離され、すぐに横抱きに抱き上げられた。

「アレクセイ様?」

「花火はもういいだろう?」

アレクセイ様はバルコニーから部屋に戻ると私を広いベッドにそっと横たえる。

天窓の向こうには美しい月と星が広がっている。

煌めくそれらに目を奪われているうちに、アレクセイ様に組み敷かれた。

「昼間言ったこと、覚えているか?」

その言葉に私は顔を赤くする。忘れるわけがない。

「……覚悟しておけって」

アレクセイ様はふっと笑って私の額にキスを落とす。

それから目もとに耳もとに口もとに、優しく口づけられてうっとりしていると、アレクセイ様は身体を起こし、自らの黒い上着をすばやく脱いだ。

月明かりの下、鍛えられた上半身があらわになる。欲望が宿った瞳で見下ろされ、私は思わず息を呑む。

それからはもうなにも言わせてもらえなかった。

奪うようにキスをされながら、着ていた服を脱がされ、アレクセイ様の情熱に翻弄される。気が遠くなりそうな中、月と星とアレクセイ様だけを見つめていた。

楽しかった新婚旅行からフェルザー城に戻り早二ヶ月。

新しい生活にも、公爵夫人としての仕事にも段々と慣れてきていた。

その日も、いつも通りの一日が始まるはずだった。

けれど、朝の身支度を終えた頃、急に気分が悪くなってきた。

胸がむかむかとするし、頭も痛くて勝手にため息が漏れてしまう。

朝食をいただく気にはなれずに、居間のソファーで体を休めることにした。

あまり大袈裟にはしたくないからしばらく様子を見ていたのだけれど、一向によくなる気配はなかったので、アンナに薬の用意を頼む。

久しぶりに風邪を引いたのかもしれない、熱はないようだけれど……。

しばらくすると、薬を頼んだアンナではなくフェルザー城の女官長マイヤー夫人がやって来た。

彼女はアレクセイ様がフェルザー公爵に就任するよりずっと前、先代当主のときから働いている頼りになるベテラン女官長だ。

年はそろそろ五十歳になるそうで、こげ茶の髪の半分くらいに白いものが交じっている。

なかなか厳しい人で、新米公爵夫人の私は日ごろからなにかと注意をされることが多かった。

そのたびに少し落ち込むけれど、彼女のおかげで慣れないフェルザー城での女主人の仕事もこなせているから頭が上がらない。

そのマイヤー夫人が、渋い顔をしながら言った。

「ラウラ様、アンナより聞きました、お身体の調子がよくないとのこと。ただいま医師を呼んでおりますので、お休みになってお待ちください」

マイヤー夫人はてきぱきと、引き連れて来た女官ふたりに指示を出し始める。

「ラウラ様がお休みになれるよう、至急寝室を整えなさい。それから部屋を暖めてお湯の用意を」

なんだか大事《おおごと》になりそうな気配。

あまり騒ぎたくない私は慌ててマイヤー夫人を止めに入る。

「マイヤー夫人、わざわざお医者様を呼ばなくても薬で大丈夫よ」

お医者様なんて呼んだら、過保護なアレクセイ様は大騒ぎしそうだ。今日は大切な会議があると言っていたから私のことで煩わせたくない。

けれどマイヤー夫人は、なにを馬鹿な、とでも言いたそうな顔をした。

「公妃が自己判断で薬を飲むなどとんでもありません。医師に診ていただきますのでラウラ様は寝室にてお休みください」

「ちょっと胸がもたれているだけよ？　大袈裟じゃないかしら」

「大袈裟ではありません。公爵閣下のラウラ様へのご執心を思えば、いつお世継ぎができても不思議はないのですから」

「えっ、世継ぎって？」

私に赤ちゃんができたってこと？

まだ結婚したばかりだし、その可能性は思い浮かばなかった。

だけどよく考えてみれば最近月のものが来ていない。環境の変化で遅れているのかもしれないと思っていたけれど、実は違っていた？

私にアレクセイ様との赤ちゃんが？

戸惑っていると、女官が整え終えた寝室に強引に連れて行かれ、ベッドに押し込まれた。

フェルザー家にはお抱え医師がふたりいる。

ひとりはまだ三十歳に満たない若い男性医師のアヒム先生。もうひとりは落ち着いた雰囲気の女性医師のエルメ先生。

アレクセイ様の命令で、私の診察はエルメ先生が行うと決まっている。

やって来たエルメ先生は、ベッドに横たわったままの私に一礼をすると早速診察を始めた。

脈を取ったり、お腹の音を聞いたり、問診をしたり。それから側仕えのアンナにもいくつか質問をしていた。

そうして必要な質問を終えると、エルメ先生は少し緊張した面持ちで診断を下した。

「診察は終わりました……。おめでとうございます。ご懐妊です」

そう聞いても、私はなんて言えばいいか分からない。

実感が湧かなくて、現実と思えない。

だってまだ結婚して半年にもなっていない。こんなにすぐに赤ちゃんができるものなの？

そっと右手で自分の腹部をなでてみる。ぺたんこでいつもとなんら変わらない。この中に赤ちゃんがいるなんてどうしても信じられない。

だけど……もし本当に赤ちゃんができたのだとしたら、こんなに幸せなことはない。アレクセイ様と私の赤ちゃん。そう思うと胸がいっぱいになる。

驚きと次第に湧いてきた感動に浸っていると、マイヤー夫人のきびきびとした声が聞こえてきて現実に戻された。

「エルメ先生はこのままお待ちいただけますでしょうか。公爵閣下への報告をお願いいたします」

「ええ、もちろんですわ。マイヤー夫人」

「誰か、至急公爵閣下へ知らせを。閣下にお目通りが叶わない場合は側近に、〝ラウラ様のことで急ぎの報告が〟と伝えなさい」

「は、はい！　マイヤー夫人」

バタバタと忙しなく女官が飛び出して行く。

そのうしろ姿を眺めていると、マイヤー夫人がくるりと振りかえり深々と頭を下げてきた。

「ラウラ様、ご懐妊おめでとうございます」

マイヤー夫人に続き、部屋にいる女官たちみんなが続いて頭を下げる。

「あ、ありがとう。まだお腹に赤ちゃんがいる実感が湧かないのだけれど、うれしいわ」

そう答えると、エルメ先生が教えてくれた。

「ラウラ様、お子様の存在を実感できるまでにはまだ時間がかかります」

「そうなのね」

「はい。ですがそれまでの期間が油断できないのです。後ほど公爵閣下にもご説明いたしますが、重々気を付けて生活せねばなりません」

「……分かったわ。エルメ先生、いろいろ教えてくださいね」

「もちろんでございます。お世継ぎ誕生に向けて全力で務めさせていただきます」

「ありがとう、頼もしいわ」

エルメ先生が付いてくれているなら安心だ。

「今ご気分が優れないのは悪阻《つわり》のためです。身ごもった女性の大半が自覚する症状でそれほど心配することはありませんが、悪阻に有効な薬はありません。横になるなどしてしばらくの間耐えていただくことになります。長くは続きませんのでご辛抱を」

「分かったわ」

薬を飲めないのはつらいけど、赤ちゃんのためだから仕方ない。我慢しなくては。

私はこれから母親になるのだから、しっかりしなくては。

そんなふうに決心を固めていると、慌ただしい足音が聞こえた直後部屋の扉が豪快に開いた。

「ラウラ！」

走って来たのか、髪を乱したアレクセイ様はベッドに横たわる私を目にすると顔色を変えて駆け寄って来る。

「どうしたんだ？　どこか具合が悪いのか？」

ベッドの脇に跪くと心配そうに私の様子をうかがってきた。

「アレクセイ様、大丈夫ですよ。気分が悪かったのですけど、病気ではありませんから」

「病気ではない？　でも寝込むほど具合が悪いのだろう？」

私は小さくうなずき、それからアレクセイ様の目を真っすぐ見て言う。

「アレクセイ様、私たちの赤ちゃんができたのです」

「……え？」

アレクセイ様は一瞬惚けた顔をし、それから視線を私のお腹の辺りに移す。

「ほ、本当か？」

信じられないといった様子のアレクセイ様。私も聞いたときは同じような反応だったから気持ちは分かる。

「本当です、具合が悪いのはお腹に赤ちゃんがいるからだそうです」

「……ラウラ！」

アレクセイ様が感極まったように、私を抱きしめてくる。けれどすぐにマイヤー夫人によって引き離された。

「公爵閣下、落ち着いてください。そんなふうにしがみついたらラウラ様とお腹のお子様が危険です」

「あ、ああ……すまない、つい……」

「大切な時期ですのでお気を付けください。詳しくはエルメ先生よりご説明いただきます」

アレクセイ様はエルメ先生に視線を向ける。

「エルメ、ラウラもお腹の子も大丈夫だな？」

「はい。公爵閣下。ラウラ様は現在妊娠初期の悪阻の症状で体調が優れませんが、通常の体の反応になりますので問題はありません」

「そうか……だが、念のため今後も気を付けて診てくれ」

「はい、もちろんでございます。お子様のご誕生はおよそ七ヶ月後になります。それまでの間全力で母子共に健やかに過ごせるよう、尽力いたします」

アレクセイ様は神妙にうなずく。

「ああ、頼む」

「お任せください。つきましては公爵閣下にもいくつかご協力いただきたいことがございます」

「協力？　どのようなことだ？　なんでもするつもりだから遠慮なく言ってくれ」

「はい。まずはラウラ様には体力的にも精神的にも負担をかけないようお願いいたします。とくに今の時期は最も不安定となりますので、周りが気を遣わなくてはなりません」

「ああ。当然だ」

アレクセイ様は真剣な顔をして言う。

「公爵夫人としてのご公務はおありかと存じますが、無理は禁物ですので配慮願います」

「分かった。ラウラの公務は至急調整させる」

「かと言って部屋に閉じこもってばかりいてもよくありません。気分のよいときは少し歩くことも必要です」

「そうだな。気分転換は大事だ。……よし庭を改装しよう。疲れたらすぐに休めるよう東屋をたくさん建てて、転ばないように道も整えて……。おい、設計士を呼ぶように伝えろ」

「精神的な疲労も厳禁です」

「ああ。マイヤー夫人。しばらくラウラへの謁見希望は受け付けるな。面倒なことを言う奴がいればすぐに俺に回せ」

アレクセイ様はエルメ先生の指示をすべて受け入れ、次々と命令を出し、そのたびに女官たちが慌ただしく部屋を出て行く。

私と赤ちゃんをとても大切に、気遣ってくれているのを感じ、うれしくなる。庭の改装はやり過ぎだと思うけど。

エルメ先生はそれ以降も細々とした注意事項をアレクセイ様に伝えた後、少し声を潜めて言った。

「最後になりますが、実はこれが一番大切なことでもあります」

「なんだ？」

「はい……当分の間、ラウラ様を寝所にお召しになるのはお控えください」

「……え？」

アレクセイ様はそれまでのきりっとした表情から、困惑した面持ちになる。

「今からふた月程はラウラ様と閨《ねや》でのことはできません。くれぐれもお守りくださいますようお願いいたします」

「ふ、ふた月？」

「はい、場合によってはそれ以上になりますが」

「……長いな」

アレクセイ様はそう言うとまるで助けを求めるように私を見る。けれど知らないふりをしてしまった。

赤ちゃんのためとはいえ、みんなの前で閨について話すなんて恥ずかしすぎる。

アレクセイ様は葛藤した様子をしながらも、エルメ先生に宣言した。

「ラウラと子供の無事が一番だ。ふた月の間ラウラに触れないと約束しよう」

「公爵閣下、場合によっては三月《みつき》以上です」

「……分かった。それも約束する」

アレクセイ様は、どこか悲しそうにしながらもはっきりと宣言する。

エルメ先生はようやく安心したのか、部屋を出て行った。

「では、我々も失礼いたします。御用があればお呼びください」

続いてマイヤー夫人を先頭に、女官たちが退出して行く。

部屋は先ほどまでの熱気が嘘のように静かになった。


寝室には私とアレクセイ様のふたりきり。

アレクセイ様はベッド脇に椅子を持って来ると、そこに座り優しい目で見つめてきた。

「大丈夫か？　気分が悪いのだろう？」

「はい。大丈夫です。これもお腹に赤ちゃんがいるからだと思えば、つらいなんて言ってられませんから」

「そうか。ラウラは強いな。だが無理はするな、子供はもちろん大事だが、ラウラの身体がなにより大切だ」

「はい」

とても大切にされていると実感し、心が温かくなる。

頬を緩めていると、アレクセイ様の手が優しく頬に触れてきた。

「幸せそうだな」

「はい、とても幸せです」

そう答えればアレクセイ様こそ幸せそうに微笑む。それから上半身を屈め、そっと唇を寄せた。

いつもと違って触れるだけの優しいキス。労るように何度も繰り返される。

うっとりとした気持ちでキスを受けていると、アレクセイ様が小さなため息を漏らした。

「どうしたのですか？」

「ラウラを強く抱きしめたい。俺の子がここにいると思うとますますラウラが愛おしくなる。でも我慢だな」

強く求められていると感じ、胸が高鳴る。

私こそ、アレクセイ様と抱き合って喜びを分かち合いたいと感じているのだ。

「アレクセイ様、代わりに手を握ってください」

そう言うと、アレクセイ様は叶えてくれる。

温かくて大きな手で包み込まれると安心する。

思いがけなく早く訪れた妊娠生活。初めてのことで、なにも分からない。

だけど、アレクセイ様が側にいてくれたらなにも怖くないと思った。


私が懐妊してひと月が過ぎた。

相変わらず気分が悪い日々が続いていたけれど、それも最近では少しずつ回復してきている。

エルメ先生が言うには、赤ちゃんの成長に合わせ、私の体調も変化していくそうだ。

妊娠生活は概ね順調だった。

エルメ先生が頻繁に問題がないか診てくれるし、私付きの女官たちが細かなところまで気を配って、快適な生活を送れるようにしてくれている。

公務も当分の間免除されていたから、ゆっくりと体を休めることができた。

体調が安定してくると、ついに私の懐妊が公表された。

早速にたくさんのお祝いの品が届きはじめている。

宝石や漆器、珍しい布や、絹の糸。様々な贈り物が、私の部屋の並びの空き室に、ところ狭しと積まれていく。

女官たちは管理に追われて忙しそうだ。

私室の窓から見える中庭では本当に東屋の工事が始まっていた。ちょっと多すぎるのでは？と感じるほどの数の東屋が建てられ、道が整備されている。目で見ても楽しめるように、綺麗な花も増えていた。

もう少し体調が落ち着いたらぜひ散歩に出てみたい。

みんなにこんなに大切にしてもらえて私は本当に幸せものだ。


「そろそろ中庭の改装が終わりますね」

アンナがそう言いながら、温かい飲み物をテーブルに置く。

これは妊娠中の体にもよい茶葉で、アレクセイ様がわざわざ他国から取り寄せたものだ。

あっさりとした味で少し物足りないけれど、飲んでいるうちに慣れてきた。

最近では少しミルクを入れるのが気に入っている。

「完成したら早速散歩するつもりよ。調子もだんだんよくなってきているし」

「そうですね。休憩場所もいっぱいあるみたいですし、安心して散歩できます。公爵閣下に感謝ですね」

「ええ、本当に」

乳白色のお茶を口にするとまろやかさが口の中に広がっていく。

「ねえアンナ。今日はアレクセイ様がいらっしゃらないけど、公務が忙しいのかしら？」

アレクセイ様は私が休んでいる分、公務が増えている。私の公務はとくに難しいことはないのだけれど、人に会ったり、招待された会合に参加したり、慰問をしたりと時間がかかるものが多い。

それでも毎日時間を作っては日中も何度も様子を見に来てくれる。

それなのに、今日は珍しく朝から顔を見ていなかった。

「マイヤー夫人が、朝から謁見が立て込んでいるとおっしゃってました」

「そうなのね……アレクセイ様も大変ね。でもそれだけ公爵に伝えたいことがある人がいるのね」

アンテスでも、辺境伯のお父様や、跡取りのお兄様に目通りしたいと言う人が後を絶たなかった。地方の人々などはその為だけに労力をかけ遥々城にやって来る。

きっとアレクセイ様も同じなのだろう。

この時の私は単純にそう思っていた。

懐妊してふた月が過ぎた。

順調な経過で、体調もすっかりよくなり、結構活動的に日々を過ごしている。

公務もできる範囲で復帰している。

今日は朝から城内の簡単な修繕作業の採決をし、昼過ぎからは貴族夫人たちの訪問を受けて、細やかなお茶会を開いていた。

「公妃様、ご懐妊おめでとうございます」

訪問の名目は私の懐妊祝いなので、ひと言目にはみんな、お祝いの言葉をかけてくれる。

彼女たちはフェルザー領内の名家の女主人で私より少し年上。

この城に来て紹介されてから、時々お茶会を開いて交流している。

みんなは私のことを公爵夫人ではなく公妃様と呼ぶ。アレクセイ様は王位継承権を放棄したとはいえ王族ではあるので、そのようにしているそうだ。

「皆さん、どうもありがとう。今日はゆっくりしていってくださいね」

天気が穏やかだったので、改装したての中庭にテーブルセットを用意してもらった。

暖かな日差しと、美しい花や真新しい水場が視界に入り、とても雰囲気がよい。

アレクセイ様が取り寄せてくれた体に優しいお茶を飲みながら、みんなのおしゃべりに耳を傾けていると、参加者の中で一番身分が高くリーダー格のシュルト子爵夫人が、会話が途切れたタイミングで切り出してきた。

「フェルザー城で行儀見習いの女官を広く募集してるそうですわね。今回は若い女性を中心に募っているとか。私の妹の娘がよい年頃になります。爵位はありませんがマナー教育はひと通り受けており、気立てもよい娘です。ぜひ推薦させていただきたいのですが、いかがでしょうか？」

シュルト子爵夫人は私に向かって話している。つまり、私の了承を得たいのだ。

でも、私は初めて聞く話で、要領を得ない。

「あの、実は私その件に関しては関わっていません。初めて聞きました」

「え？　そうなのですか？　……申し訳ありません、余計なことを」

まずいことを言ってしまったと思ったのか、シュルト子爵夫人の顔が強張る。

「いいえ、大丈夫です。後で確認して問題なければ私も推薦しますね」

シュルト子爵夫人はほっとした表情になる。私の推薦があれば採用も同然だからだろう。姪御さんの家は爵位がないと言っていたから、結婚前に城仕えの経験で箔を付けたいようだ。

それにしても、若い行儀見習いを募集ってどういう意味なのだろう。女官の採用ならマイヤー夫人の指示？　でも今のフェルザー城は人手不足とも思えないけれど。

「公妃様、アンテスのマダム・ベルダのドレスが最近王都でも人気だとか。私もぜひ欲しいのですが、注文が殺到して受けてもらえませんでしたの。お口添えいただけませんか？」

ぼんやりしていると早くも話題は変わったようだ。考えごとは後にして返事をする。

「ごめんなさい、残念だけどご期待に添えないわ。実は私も先日、断られてしまったの」

「ええ？　公妃様がですか？」

「ええ。妊娠してサイズが変わりそうだから新しい衣装を頼んだのだけれど、注文が立て込んでいて当分無理だって」

「そんな……辺境伯様のご令嬢でもある公妃様の依頼まで断るなんて」

驚くみんなに私は笑って言った。

「マダム・ベルタは公正な人なのよ。だからね、このフェルザーで新しいデザイナーを探していて、なかなかよさそうな人を見つけたの。まだ駆け出しの人だけれど、私の好みに合っているからお願いしたわ。よかったら紹介しましょうか？」

「本当ですか？　ぜひ！　公妃様が気に入るのなら素晴らしいドレスに決まっていま

す」

「私もセンスに自信があるわけではないけれど、紹介状を後でお送りしますね」

「ありがとうございます、楽しみですわ」

和気藹々と会話は進んでいく。夕方になるまで久しぶりのおしゃべりを楽しんだ。


シュルト子爵夫人たちと別れ部屋に戻ると、マイヤー夫人を呼び出した。

行儀見習い募集の件を聞くためだ。

シュルト子爵夫人から聞いたと話すと、マイヤー夫人は把握していたようですぐに答えてくれた。

「たしかにそのような募集をしております」

「そうなの。ではシュルト子爵夫人の親族の令嬢を雇ってあげてくれないかしら？爵位はないけれど、しっかりした令嬢だそうよ」

とくに問題はないだろうと思ったのだけれど、予想に反してマイヤー夫人は乗り気ではない顔をした。

「どうしたの？」

「行儀見習い募集は公爵閣下の側近の方々の主導でなされています。そのため私に採用権限はないのです」

「女性の行儀見習いでしょう？　マイヤー夫人の部下になるのではないの？」

「はい通常はそうですが、今回については特別です。詳細についても実際採用も決まっていないため、こちらにはなにも話が来ていません」

「そうなの？　城務めを希望する令嬢は多いと聞いたけれど。ずいぶん慎重に審査をしているのね」

「はい、あまり話は進んでいないようです」

「そう……分かりました。では、アレクセイ様に聞いてみるわ」

なんだか不思議な話だった。フェルザー城のことならなんでも把握していそうなマイヤー夫人が知らないだなんて。


その日、アレクセイ様が寝室に戻って来たのは、かなり遅い時間だった。

話をしようとソファーに座って待っていたのだけれど、最近は眠くなりやすくうつらうつらしてしまったようだ。

体がふわりと揺れた気がして目を覚ますと、アレクセイ様の顔がすぐ側にあった。

「……アレクセイ様？」

「起きたのか？」

「あ、はい」

どうやら私はアレクセイ様に抱き上げられベッドに運ばれている最中だったようだ。

「体によくないからソファーじゃなくてちゃんとベッドで寝ろよ？」

アレクセイ様はそう言いながら、私をベッドにそっと横たえ上掛けをかける。

もう寝る支度をしているようで、自らも隣に入ってきた。

私はひんやりとしたアレクセイ様の体に身を寄せて言う。

「聞きたいことがあって待っていたのですけど、寝てしまいました。アレクセイ様、最近戻りが遅いですね。公務が忙しいのですか？」

「……ああ、まあな」

「そうですか。あまり無理はしないでくださいね」

「ああ、俺は大丈夫だから心配するな。ラウラこそもっと体に気を使えよ。今日はずいぶん長く来客があったそうじゃないか、疲れていないか？」

アレクセイ様は心配そうに聞いてくる。

「大丈夫です。気安い相手なので、久しぶりにたくさんおしゃべりをして楽しかったです」

「それならよかった」

アレクセイ様がほっとした様子で微笑む。つられて私もうれしくなりさらに身を寄せた。

最近はアレクセイ様が忙しいこともあり触れ合いが少なくなっていた。そのせいか思い切り甘えたい気分になった。

それなのにアレクセイ様はびくりと体を強張らせた。まるで私に触れられたくないとでも言うように。いつにない態度に驚いてしまう。

疲れているところにくっつかれて煩わしかったのだろうか。

内心ショックを受けながら、少し身を引く。

すると私の気持ちに気づいたのか、取り繕うように言った。

「悪い、突然だったから驚いた。おいで……」

そう言いながら私を優しく抱き寄せてくれる。

今のはなんだったのだろうと思いながらも、逞しい腕で抱き寄せられほっとした。

「そう言えば聞きたいことがあると言っていたな。なにかあったのか？」

「あ、そうなんです。アレクセイ様の側近の方たちが行儀見習いの若い女性を募集していると聞いたのですけど、もう決まりましたか？」

そう聞いた瞬間、アレクセイ様の顔が明らかに緊張したものに変わった。

「……どこでそれを聞いたんだ？」

「あの、シュルト子爵夫人にですけど」

「シュルト子爵夫人って、ああ財務副官の奥方か」

アレクセイ様は怖い顔をしてつぶやいている。

「……まだ募集中ならシュルト子爵夫人の親族の令嬢を推薦したいんです」

態度の変化を不審に思いながらも聞いてみる。

「駄目だ」

「え？」

アレクセイ様は不機嫌そうな顔で、私の髪に手を伸ばしてきた。

「その件はなくなったんだ」

「なくなった？」

「だからラウラになにか言ってくる奴がいても相手にするな」

「なにか問題があったのですか？」

アレクセイ様は依然として不機嫌顔のまま、私の頭をなでてくる。

「不要だからやめたんだ。だからラウラも二度とその話題は出すなよ」

「え……はい」

納得できないながらもこれ以上言っても進展がなさそうなので、黙っておくことにした。

それにしてもアレクセイ様はどうして急に苛立ち始めたんだろう。

髪や頬に触れてくる手はとても優しいから、私に対して怒っているわけではないのだろうけど。

じっと様子をうかがっているとアレクセイ様が覆いかぶさってきた。

と言っても、私の顔の両側に手をつっぱって体重をかけないようにしてくれている。

そのままゆっくりとキスをされる。

とても優しいキス。時々リップ音を立てて何度も繰り返される。

妊娠して以来、アレクセイ様は私の体調についてとても気を使ってくれている。悪阻のときの私はキスもできないほど弱っていたから、こんなふうに長くキスをするのは久しぶり。そのせいかいつも以上にうっとりと夢心地になってしまう。

もっと近づきたくてアレクセイ様の広い背中に手を回した。

お互いの距離が縮み、それでもギリギリのところで私に負担をかけないようにしてくれているのか、圧迫感はない。

「アレクセイ様、大好きです」

「ああ……俺もラウラだけだ。ほかはなにもいらない」

キスはどんどん深くなる。幸せに恍惚とした気持ちになり、ますます夢中になる。

眠りにつくまでそれは続いた。


朝、目覚めるとアレクセイ様の姿はすでになかった。

ベッドに温もりも感じなかったので、ずいぶん前に出たのだろう。

寂しさを感じながら、ベッド脇の呼び鈴を鳴らすと、寝室の扉が開きアンナが入室して来た。

「ラウラ様、おはようございます」

「おはよう、アンナ。アレクセイ様はいつ頃出られたの？」

「朝、早くにです。ラウラ様は起こさないでゆっくり休ませるようにとのことでした」

「……そう」

アレクセイ様の優しさを感じて、朝から顔が緩みそう。

アンナも「公爵閣下、優しいですね」なんて言ってくるから余計にだ。

アンナは寝室のカーテンを開けていく。大きな窓から見える太陽はもうかなり高い。

起こされなかったのをいいことに、かなり寝坊してしまったようだ。

「お召し物を用意してきますね。今日はとくに予定はありませんから、ゆったりとしたドレスがいいですよね」

アンナの提案に私は「そうね」とうなずく。

すぐに用意されたドレスに着替え、長い髪は邪魔にならないように簡単にまとめてもらうと身支度が終了した。

装飾の少ないウエスト部分の比較的ゆったりとしたドレスと、髪飾りひとつだけの髪型。

部屋で寛ぐのには最適だ。

「今日は天気がよいのでテラスにお食事を準備しましょうか？」

「そうね、気持ちよさそうだわ」

エルメ先生も適度に陽に当たるようにおっしゃっていたし。

アンナは部下の女官に指示を出しながら手早くフェルザー城の二階のテラスに朝食の席を用意してくれていた。

爽やかな朝の光が降り注ぐテラスは、美しさを誇る庭園を見下ろせる位置にあり、色とりどりの花を見て楽しむことができる。

広い庭園の先には整備された道と緑の森が広がっており、ここから見ることはできないけれどその先はフェルザー城を囲う大きな湖が太陽の光を受け、キラキラと輝いているはずだ。

用意された席に座り、うっとりと風景を眺めていると、食事が運ばれてきた。

やわらかそうな白いパン、野菜たっぷりのスープに、ふわふわとした卵料理、そして色鮮やかな果物が数種類。

妊娠してから食欲が低下しているので、通常よりは少なめのメニュー。だけどどれもおいしそうだ。

ほどよい塩加減のスープを味わっていると、庭園に誰かがやって来たのが見えた。

先日改装されたばかりの中庭はフェルザー家の人間専用の私的な空間だけれど、こちらの庭園は城に出仕している高官などが立ち入ることがある。

誰かが休憩にでも来たのかと眺めていると、初めに庭園に入って来た男性の後から、女性が次々と並び歩いて来る姿が見えた。

遠目だからはっきりとは分からないけれど、若い女性のようだ。それもかなり着飾っている。

今のフェルザー城にこんなにたくさんの女性が着飾ってやって来ると言えば、私が開くお茶会のときのくらい。でも今日はそんな予定は入っていないから眼下の光景はとても違和感があるものだった。

「ねえ、アンナ。彼女たちは誰なのかしら？」

「……分かりません。見たところよいところのご令嬢に見えますが。ラウラ様がご存知ない方なのですか？」

「なんとも言えないわ。遠いからよく分からない。でも、なにをしているのかと思って」

「そうですね。あんなに大勢でゾロゾロと、なにかありそうですよね。あとでマイヤー夫人に聞いてみましょうか」

「ええ、そうして」

　庭園の花にも負けないような色とりどりのドレスが遠ざかり小さくなっていくのを眺めていると、令嬢たちの列の一番最後にいた男性が、不意にこちらを振り向いた。

　距離はあるけど目が合ったような気がしてドキリとした。

　この城の主であるアレクセイ様の妻の私が遠慮することはないと分かっているけれど、なにかいけないものを見てしまったような気がして気まずくなった。

　男性は私の方をじっと見つめた後、深く礼をして去って行った。

「ねえ、アンナ、あの人、私だって気づいてたわよね？」

「はい。かなり深々と礼をされていました。ラウラ様だって分かったからですよ」

いったいなんだったのだろう。

疑問を覚えながら食事を終え私室で寛いでいると、面会の申し出が来た。

相手は、フェルザー家に仕える高官のひとりシュタイン伯爵。

私のお茶友達の、シュルト子爵夫人の親戚筋だ。

アレクセイ様の側近であり、私も一度だけ顔を合わせたことがある。

まったく知らない相手ではないけれど、私になんの用だろう。

不審に思いながらも申し出を受ける。手早く公の場に出られるドレスに着替えると、来客用の部屋にシュタイン伯爵を迎え入れた。


「公妃様、突然申し訳ございません」

応接間の奥の席に座る私の前で黒髪の男性が深々と頭を下げる。その姿を見て気が付いた。先ほどテラスから見た男性は彼だったのだ。

「顔を上げてください」

「はい」

　シュタイン伯爵は年は三十歳前後に見える、しっとりとした黒髪に、同色の瞳の見目に優れた青年だった。

　大人の落ち着きを持ちながら、若々しさも感じる。

「シュタイン伯爵、お話の前にお聞きしたいのだけれど、先ほど庭園にいらっしゃいましたよね？」

「はい」

「令嬢を大勢連れていましたけど、急な面会となにか関係があるのですか？」

　先ほど感じた疑問を問えば、シュタイン伯爵は今度は躊躇いを見せた。

「はいその通りでございます。突然公妃様にお目通り願ったのは、その件についてなのです」

「どういうことですか？」

「はい。私が連れていた令嬢はアレクセイ様付きの侍女として採用を考えている者になります。その旨公妃様にもご了承いただきたくお願い申し上げる次第です」

　思ってもいなかった申し出に私は首を傾げた。

「アレクセイ様付きとしてすでにふたりの女官がついています。手が足りないとは思えないけれど」

アレクセイ様付きの女官は、マイヤー夫人も認めるベテラン女官。

人数は少ないけど、十分回っているはずだった。

「はい、それはそうなのですが……」

シュタイン伯爵は曖昧に言葉を濁す。

なにか隠している？

様子をうかがっていると、彼は言葉を選ぶようにゆっくりとした口調で発言した。

「あの者たちの仕事は通常の女官とは違います。公爵閣下のお側近くに仕え、時にはお慰めすることがお役目になります」

「え？　慰めるって？」

意味が分からない。どうしてアレクセイ様をあの子たちが慰めるの？

「つまりは、公妃様が公爵閣下のお相手ができない間の代わりを務める者たちです」

「私の代わりって……」

そう口にしている途中でハッとした。

慰めるっていうのは、アレクセイ様の寝所に侍《はべ》るという意味なの？

衝撃が顔に出てしまったのか、シュタイン伯爵は私が気づいたと察したようだった。

「あの者たちすべてがそのお役目を与えられるとは限りません。お側仕えにし、閣下が気に入った者がいればの話になります」

「気に入った者って……」

花のように綺麗な色のドレスの裾を靡《なび》かせて、軽やかに歩いていた若い令嬢たちのうしろ姿を思い出す。

あの子たちがアレクセイ様と？

「……愛妾を置くということですか？」

「愛妾、でございますか？　……それはすぐにというわけではないかと思いますが」

「でもいずれはあるということでしょう？」

「そうですね、否定はできませんが」

淡々と語るシュタイン伯爵の言葉が耳に入ってくるたびに、体が冷たくなる。

恐怖を感じているように、体中が強張ってうまく声が出てこない。

「あの……アレクセイ様は、そのことを？」

知っていて、承知しているの？

シュタイン伯爵は顔を曇らせる。

「ご存知ですが、許可いただけておりません。令嬢は不要だから親もとへ至急返せとおっしゃっております」

「そう……」

内心とてもホッとしていた。アレクセイ様が断ってくれたのがうれしかった。

安堵の息を吐く私に、シュタイン伯爵は困った様子で続けた。

「大変困った状況です。フェルザー公爵家において令嬢の城務めは昔からの慣例となっているのです。新公爵閣下も女官を募ると思い準備しておりました。ですが一向にその様な話は出ず、こちらから伺えば不要の一言で済まされてしまったのです」

「なぜ困るの？　城務め希望の令嬢にはほかの仕事か、嫁ぎ先を紹介すればよいのではない？」

「いえ、フェルザー領の令嬢にとって公爵閣下付きは大変な名誉なのです。代わるものはありません。それだけでなくフェルザー家を支える家臣との絆を深める意味もあります。新公爵閣下は本来のフェルザー公爵の血筋ではなくこの土地とも縁のない方です。だからこそ地元の名士たちとの絆を深めるべきなのです。ですが、閣下はその機会をいとも簡単に捨ててしまう、我々側近は頭を悩ませているのです」

「令嬢たちを城仕えにするのには、政治的な意味もあるというの？」

「はい、その通りでございます」

はっきりとそう言われてしまうと、頭ごなしに断れなくなる。

シュタイン伯爵の言う通り、当主の血筋ではない者が後から入ってきてその地を治めることは大変なのだ。

アレクセイ様はこのベルハイム王国の王子だから、まだみんなの尊敬を集めているけれど、ただの貴族だったとしたら、もっと反発を受けていたはず。

フェルザー家の政治を円滑にするためには、できることはした方がいいと私だって分かっている。だけど……。

「……あなたが私にその様な話をしに来たのは、アレクセイ様を説得してほしいからですね？」

「はい、その通りでございます」

予想通りの返事に気分が沈んだ。

ああ、なんて残酷なのだろう。私にアレクセイ様の愛妾づくりを促すように言えなんて、そんなことできるわけがない。

「公妃様、ご了承いただけないでしょうか」

シュタイン伯爵が、すがるように訴えてくる。

公爵夫人としては受け入れるべきなのかもしれない。だけど私はとてもうなずくことなんてできなくて、「少し考えさせて」と答えるので精いっぱいだった。

シュタイン伯爵が部屋を出て行くと、アンナはかんかんに怒りながらまくし立てた。

「なんて失礼な人なんでしょう。正妻の、しかも身重のラウラ様の前であんなことを言うなんて、非常識です！」

私は浮かない気持ちで応える。

「彼は困っているように見えたわ。恐らくアレクセイ様と高官たちの板挟みになっているのだわ。それで藁にもすがる思いで私のところに来たのよ。アレクセイ様が令嬢たちを受け入れないのは、私に遠慮してだと思っているのね」

その私が了承したらアレクセイ様も断らないと考えたのだろう。

ふと昨夜のアレクセイ様の様子を思い出した。

不機嫌そうな顔をしていたのは、この件で煩わされているからかもしれない。

「でも、そうだとしても失礼すぎます。ラウラ様、気にすることないですよ。公爵閣下ご本人が断っているのですから、そのままでいいじゃないですか」

「そうね、でも……」

本当にそれでいいのだろうか。

この先フェルザーを治めていくのに、シュタイン伯爵や地方の代官たちの力は必須になる。彼らを無下にしてしまったら、あとで痛いしっぺ返しがくるのではないかと心配になる。

公爵夫人としては、頭ごなしに拒否するより柔軟な対応をするべきだ。

でも、アレクセイ様とほかの女性がと思うと強い拒否反応が出て、とてもじゃないけれど落ち着いて説得できなそうだ。

私が嫌だと言えば、きっとアレクセイ様は令嬢たちを有無を言わさず家に帰す。

だけど、本当にそれでいいの？

思考は行ったり来たり、ぐるぐると迷っているのに答えは出ない。


その夜は食欲がなくてあまり食事をとることができなかった。

やはり精神的な面が影響しているのだろう。

湯あみをして居間のソファーで寛いでいると、アンナがやって来た。

少し憮然とした顔をしているのでどうしたのかと尋ねる。

「公爵閣下は今夜は戻れないとのことです。ラウラ様には先にお休みになるようにと……」

「戻れない？　公務が立て込んでいるの？」

「詳細は教えてもらえませんでした。でもこんなときに間が悪すぎます」

アンナは元気の出ない私を心配してくれているのが高じて、アレクセイ様にまで怒りを感じはじめた。

私は複雑な気持ちだった。

アレクセイ様が戻ってこないのは不安だけれど、今顔をあわせてもなにを言えばいいか分からない。

感情のまま口を開けば、よくない結果になりそうだし。

不用意な言動は許されない。だけど……。

依然として悩みは晴れないまま、ベッドに入る。

広いベッドにひとりきりは寂しくて、よくない妄想まで浮かんでしまう。

こんなふうに不安なまま夜を過ごすのは結婚して初めて。

逆に言えば、結婚してからの私はほとんど悩みなどなかった。

それほどアレクセイ様に愛されて、大切にされていたということ。私は幸せだったのだ。

じわりと涙が浮かんでくる。

翌朝、泣いたせいか顔が浮腫《むく》んでいて、ひどい有様だった。

診察に来てくれたエルメ先生は驚いていたけれど、余計な詮索はせずに診察は進んだ。

「ラウラ様、経過は順調ですわ。どこにも問題はございません」

「本当ですか？　よかった」

ほっとしていると、ふたり分のお茶が運ばれてきた。

エルメ先生は体の診察後、こうしてお茶を飲みながら話を聞いてくれ、精神的なケアもしてくれる。

初めての妊娠の些細な不安などを訴えることができる、私にとってとてもありがたい時間だった。

温かいお茶を飲み、甘さ控えめの柔らかなスポンジケーキを口に運び気分が解れていく。

私の口数が少し多くなってきた頃、エルメ先生が改まったように言った。

「ラウラ様、なにか心配ごとがあるのなら隠さずお話しくださいね」

エルメ先生はやはり私の沈んだ様子に気づいたようだった。

「お話をするのは私ではなくてもいいのです。公爵閣下にでもマイヤー夫人やアンナさんにでも、とにかくひとりでため込まないことが大切です」

「はい……そうですね」

「ラウラ様、妊娠中は自分が思っている以上に、感情が不安定になるものなのです。普段なら気にならないことでも耐えられないほど苦痛に感じるようになる場合もあります。そしてその苦痛はお腹の子にも影響してしまいます。どうか無理はなさらないでください」

「はい、エルメ先生、心配してくれてありがとう……。実は、とても不安なことを知ってしまったのです。どうすればいいのか分からなくて悩んでいたのですけど、先生に言われて決心がつきました。アレクセイ様にその気持ちを正直に話してみます」

エルメ先生はニコリと微笑む。

「そうですか、それはとてもよいですね。公爵閣下はラウラ様の夫でお腹のお子様の父君です。たくさん頼っていいのですよ」

「そうですよね、この子はふたりの子なのですよね」

そっとお腹をなでてみる。まだ目で見て分かるほど膨らんでいないお腹からは、もちろんなんの反応もなく、ここに新しい命が宿っているのが未だに信じられないくらいだ。

「エルメ先生、いつ頃赤ちゃんが動くのを感じられますか？」

「個人差がありますが、早ければ来月辺りには。お腹も急に膨らんでくるのですよ」

「そうなのですか？」

「はい。急激に体が変化していきます」

「私慌ててしまいそうだわ」

「大丈夫ですよ。自然と母親の自覚が身についていきますので」

母親の自覚……私ももっとしっかりできるのだろうか。

今はまだ少しのことで不安になって落ち込んでしまう私なのに。

でも、この子のためにも強い母親になりたい。

「先生、元気な子を産めるようにがんばります」

笑って言うと、エルメ先生は「その意気ですよ」と励ましてくれた。


アレクセイ様と、今夜ちゃんと話そう。

私の気持ちを素直に伝えてみよう。

そう決心した私はシュタイン伯爵を呼び出した。昨日の返事をするためだ。

すぐに昨日と同じ応接間にやって来たシュタイン伯爵に、私は前置きを抜きに結論を告げた。

「シュタイン伯爵、昨日の件について一晩考え結論を出しました。私は令嬢たちの受け入れをアレクセイ様に進言することはできません」

シュタイン伯爵は驚いたように目を見開く。

彼にとって私の答えは予想外だったのだろう。

「……理由をお聞かせ願えますでしょうか」

「理由はひとつです。アレクセイ様には私だけの夫でいてほしいからです」

「え？　で、ですが、公爵閣下はもともと王家の方です。そして公妃様はアンテス辺境伯家のご息女。であれば……」

「夫に側仕えの女性がいて当然と考える。と思っていましたか？」

私自ら続きを言うと、シュタイン伯爵は気まずそうにしながらもそうだと認めた。

「たしかに、身分高い男性には女性が侍るものです。その様な貴族は多いと聞いています。公爵夫人としては我儘なのかもしれませんし、あなたが心配する政治的事情もある程度は理解しているつもりです。でも、私が自分の感情を無理して抑えてアレクセイ様に心にもないことを言うのは違うと気づいたのです」

シュタイン伯爵は理解しかねるといった顔で私を見ている。

「以前も思ったんです。私は私らしく生きていきたいと……。今夜アレクセイ様と話します。結果はアレクセイ様からあなたに伝わると思います」

私の意思が固いと察したのか、シュタイン伯爵はそれ以上強引なことは言わず、青ざめた顔で、応接間を出て行った。


面会が終わると、黙って控えていたアンナがうれしそうに言う。

「ラウラ様、はっきりお断りできてよかったです。シュタイン伯爵の顔色はすごく悪くてすっきりしました」

「アンナは相変わらず彼を嫌っているのね。あの人だって好きでこんな役をやっているわけではないと思うから、あまり冷たくするのもかわいそうよ」

アンナはむっとしたように眉根を中央に寄せる。

「ラウラ様は温厚すぎますよ。私は当分優しくなんてできません。とっても繊細になっている身重の女性に、あんな話をしてくるなんて神経を疑いますよ」

シュタイン伯爵はすっかりアンナに嫌われたようだ。

「結局体調にはまったく影響なかったからもういいわ。それより今夜アレクセイ様と話したいの。遅くなってもいいので部屋に戻ってほしいと使いを出してくれる？」

「はい。ラウラ様のお願いなら、公爵閣下も飛んできそうですよね」

アンナはそう言いながら、早速自ら執務室に使いに出る。

これでひと安心。アレクセイ様には私の気持ちを素直に話そう。

きっと悪いようにはならない。アレクセイ様は私の気持ちを汲んでくれる。

もともとあの令嬢たちは不要だって言ってくれていたんだもの。

シュタイン伯爵やほかの側近たちにもしっかり不要だと再度宣言して、令嬢たちを城から出してくれるはず。

その分、当然大変になるだろうけど、私もできることはなんでもするし、力を合わせて乗り越えていきたい。

そう前向きに考えていた私は、執務室から戻って来たアンナの言葉に、青ざめ一気にどん底に落とされることになる。


アンナが執務室に出向いてからだいぶ時間が過ぎていた。

ずいぶん遅いなと思っていると、憤慨した様子のアンナが足音荒く戻って来た。

「ど、どうしたの？」

唖然とする私に、アンナはかなり怒っているのか、顔を真っ赤にして言う。

「公爵閣下の側近たちに執務室から追い出されました！」

「えっ？　まさか」

アンナは私の女官だ。フェルザー城のほとんどの人が知っている。

アンナへの無礼は私への無礼にも繋がること。

だから、無理やり追い出されるなんて本来有り得ないはずなのだ。

「私も信じられませんでした。でも公爵閣下への面会は許されないし、それならとラウラ様の言葉を伝えたら、今夜は戻れないと言うんです。勝手なことを言う側近にカッとして執務室に入って直接公爵閣下にお伝えしようとしたら問答無用で追い出されました」

「そんな……信じられないわ。その側近はシュタイン伯爵？」

「いいえ、あの人はいませんでしたけど。ラウラ様、頭にくるのはそれだけじゃないんです」

「まだなにかあるの？」

これ以上なにがあるのだろうか。

「大ありでした！　私が追い出された執務室に、大勢の令嬢が入って行ったんです！」

「えっ？　あの庭園を歩いていたアレクセイ様の側仕え候補の？」

「はい、そうだと思います。ドレスの雰囲気と年頃からして。みんなそれはうれしそうに部屋に入って行きましたよ」

私は言葉なくうつむいた。

どうしてあの子たちがアレクセイ様の部屋に？

機密の書類のある執務室は、本来なら立ち入り禁止の場所だ。

アレクセイ様の許可なしには入れないところ……つまりは彼自らが女の子たちを迎え入れたということだ。

さっきまでの前向きな気持ちがたちまち重苦しさに飲まれていく。

「アレクセイ様は今夜は来られないと言っていたわね。悪いけどもう一度使いを送ってくれる？　私がどうしても話をしたいと」

心の動揺を抑えて言ったけれど、アンナには見抜かれてしまったようだ。

痛ましそうに私を見て、ますます怒ったアンナは今度は若い侍女に私の正式な印の入った書状を持たせて執務室に向かわせた。

かなり強い要求をしたにもかかわらず、アレクセイ様からの返事はやはり今夜は無理とのことだった。

さすがに落ち込んでしまう。

食欲も湧かずまた夕食に手をつけられない。湯浴みをすると早々にベッドに入った。

アレクセイ様のいない寝室は広くて寂しい。

ひとりでいると思考はどんどん暗い方へと向かってしまう。

私は自分が思っていたほど、アレクセイ様に愛されてはいなかったのだろうか。ふたりの赤ちゃんもできたのに……。

目を閉じると、今までの思い出が浮かんでくる。

つらいこともたくさんあったけれど、アレクセイ様が本当の気持ちを伝えてくれてからは、幸せしか感じなかった。

自分を世界一幸せな花嫁だ、なんて思ったくらいなのに。

「アレクセイ様……」

なぜ、側に来てくれないのだろう……。もしかしたら公爵夫人としての立場より、自分の気持ちを優先させた私に愛想を尽かした？

そう思いついた瞬間、胸がずきりと痛んだ。

そうだったらどうしよう。

私は間違っていたの？　だけど、何度考えてもアレクセイ様をほかの女性と分かち合うなんてできない。だとしても、アレクセイ様にあきれられるくらいなら我慢して、黙っていた方がよかったの？

胸の痛みが大きくなる。それは段々と体全体に広がっていく。

ずきずきと痛みがあちこちで脈打っているみたい……。これはなに？

まさかお腹の子になにか？

普通の痛みではない気がして、誰か呼ぼうと呼び鈴に手を伸ばそうとする。けれどいつものベッド脇の机になぜか呼び鈴が置いていない。

「アンナ……」

声を大きくしたけれど、口から出たのは掠れた頼りない声で、とても扉の向こうに聞こえるものではない。

助けも呼べず私はベッド上でお腹を押さえ、体を丸くした。

そうすると少しだけ楽になった気がした。

いつの間にか眠っていたようだ。

「ラウラ、ラウラ！」

遠くで呼ぶ声が聞こえてきて、うっすらと瞼を開く。

ぼんやりとした視界にアレクセイ様の強張った顔が映り、私はぱちりと目を開いた。眠る前は薄暗かった寝室が、今は煌々とした灯りが灯っていてアレクセイ様の黄金の髪と青い瞳がよく見える。

「アレクセイ様！」

咄嗟に体を起こそうとしたけれど、ずきりと痛みが走り、動けない。

「動くな、どこか痛むのだろう？　エルメを呼んであるからもうしばらく耐えてくれ」

「え？　痛みって……」

状況がよく掴めずにいるとアレクセイ様は私の額に冷たい水袋を置いてくれた。

「俺が来たとき、ひどくうなされていたんだ。驚いて頬に触れると燃えるように熱かったからすぐにエルメを呼びに行かせたんだ」

「熱？」

自分ではよく分からない。けれどアレクセイ様が手を握ってくれて、その冷たさに驚いた。

「冷たい」

「ラウラが熱いんだ。ほかに痛いところはあるか？」

「……胸とお腹が、それに頭も」

そう答えると、アレクセイ様は顔を強張らせそれから舌打ちをした。

「くそっ、なんでこんなことに……」

アレクセイ様はかなり焦っているようだった。

大きな水桶を持ち部屋に入って来たアンナに問う。

「なぜこんなことになっている？　昼間なにがあったんだ？　エルメはまだなのか？」

立て続けの問いかけに、アンナは動揺したように早口に答える。

「身重の体に心労が重なったからじゃないでしょうか？　昼間なにがあったのかはご存知ではないのですか？　会いたいとおっしゃるラウラ様を拒否したのは公爵閣下ではありませんか！　それからエルメ先生はあと少しで到着だそうです」

寝室に置かれたテーブルに、ダンッと音を立て水桶を置くと、アンナは部屋を出て行ってしまう。

慌てているためか冷静さを失っている。あとで今の出来事を振り返ったとき、きっと真っ青になるんだろうな。少しぼんやりとした頭でそんなことを思っていると、アレクセイ様の声が聞こえてきた。

「ラウラ、心労とはどういうことだ？　会いたいというのは？」

アレクセイ様はかなり戸惑っているようだった。

「アレクセイ様とお話がしたくて部屋に来てほしいと使いを出したら、無理だと断られたんです……。もしかしてご存知なかったの？」

信じられないけれど、アレクセイ様の様子を見ているとそうだと思えた。

「聞いていない。今日は朝から急な視察に出かけていたんだ」

「え？　お城にいなかったのですか？」

「ああ。アンテス領への街道で大きな事故が起きたんだ。今後の対策のため現地に行っていた」

「アンテスへの道が？　大丈夫なのですか？」

「ああ、それほど時間をかけずに復旧できそうだ。それよりも誰かがアンナに断りを入れたんだな？」

「あ、はい……使いに行ったアンナは部屋から追い出されたと言っていました。私の側近のアンナを邪険に扱えるのはアレクセイ様だけです。だからアレクセイ様が私を避けているのだと思って……」

私の言葉にアレクセイ様はかなり驚いたようだった。

「なに、言ってるんだ？　俺がラウラを避けるわけがないだろう？」

「はい、そうだと思っていたんですけど、でも不安になってしまって」

そう言うとアレクセイ様は顔色を変えた。

「それで体調を崩したのか？」

「分かりません……。ただ眠る前から急にお腹が痛くなって」

「眠る前？　そのときに人を呼ばなかったのか？」

「呼び鈴がなくて、声もあまりでなくていつの間にか眠っていました」

「呼び鈴がない？」

アレクセイ様は眉を顰めながら、いつも置いてあるテーブルに目を向ける。

「アレクセイ様、それよりも私お話ししたいことが……」

愛妾のことなど聞きたいことはたくさんある。けれど、ちょうどそのとき扉が開きマイヤー夫人とエルメ先生が足早に部屋に入って来たので、ひとまず質問はお預けになった。

「失礼いたします」

エルメ先生は早速診察を始めてくれた。

まずは私の体温を確認すると、ほんの少しだけ顔をしかめた。

「昼間はまったく問題がなかったのに、あの後なにかございましたか？」

「とくに体を動かしたわけではないのだけれど、嫌なことがあって」

「昼間も申し上げましたが、妊娠中に心労は大敵です。できるだけ心穏やかにお過ごしください」

エルメ先生は続いて脈を取ったり、胸の音を聞いたりと忙しく動いている。

部屋にいるのはほかにマイヤー夫人とその部下の女官ふたりとアンナ。それからアレクセイ様。

私が落ち込んでいる原因がアレクセイ様にあるとみんな知った様子で、彼に対する視線はそれは冷ややかなもので、アレクセイ様はとても居心地が悪そうにしていた。

私の熱は一時的なものだろうということだった。

赤ちゃんにもとくに影響がなさそうで、本当にホッとした。

夜中に騒がせたことを、アレクセイ様と一緒に謝罪した。

「ラウラ、大丈夫か？」

アレクセイ様は私の額に置く水袋をせっせと替えてくれながら、心配そうに聞いてくる。

「はい、だいぶ気分がよくなりました」

きっとアレクセイ様が側にいてくれるからだろう。

安心しているせいか、痛みもすっと消えていった。

そう言えば、王都で暮らしているときもアレクセイ様が原因で傷ついた夜はお腹が痛くなったっけ。

私って結構弱いのだなと思いながら、アレクセイ様をじっと見つめる。

「私は昔からアレクセイ様のことで一喜一憂しすぎですね。母親になるのだし今後少しはアレクセイ様のことばかり考えるのはやめた方がいいのかもしれません」

そんなの無理なんだろうなと思いながらも言うと、アレクセイ様はショックを受けたのか固まってしまった。

「冗談です」

ふと笑って言うとアレクセイ様は目をつむる。

それから、気を取り直したように、私の手を取ると眉根を寄せながら言った。

「ラウラ、さっき言いかけた続きを話してくれ。なにがあったんだ？」

「いろいろあったのですが、多分私たちすれ違っていた気がします」

冷静になった今はそう思える。

アレクセイ様が私を蔑ろにするわけがない。ましてや裏切るわけがない。

きっとなにか誤解があるはず。

「すれ違い？」

「はい。長くなりますけど一から話しますね」

「ああ」

「まず発端はシュルト子爵夫人から聞いた行儀見習いの件です。アレクセイ様からその件はなくなったと聞いた翌日、庭園で見慣れない、着飾った令嬢たちを見かけました。その後シュタイン伯爵から面会を申し込まれたのです」

「シュタイン伯爵が？」

アレクセイ様はかなり驚いた様子。彼からはなにも報告を受けていないのだろう。

「そうです。話は、フェルザー領内の名家の令嬢たちを城に入れたいと、アレクセイ様に頼んでほしいとのことでした」

アレクセイ様は息を呑んだ後、歯ぎしりするように言う。

「あいつ……そんなことをラウラに言ったのか？」

相当怒っているようだ。

「伯爵も板ばさみになって致し方なくではないでしょうか。知りませんでしたがフェルザー家では今までもそのようなことが慣例となっているそうですね。それによって地方の代官たちとの関係もよくなるそうですし」

「……たしかに年寄りどもが慣例だとうるさく騒いではいたが。そう言えば先日やたらと代官の謁見が多かったな。娘共々来ていたのか」

「私もそれを聞いたとき、フェルザー家当主に就いたばかりのアレクセイ様にとっては必要なのかもしれないとも思いました。でも悩んだ結果やはり受け入れられなくてシュタイン伯爵には素直な気持ちを話してお断りしたのです」

「ああ、それでいいし、ラウラはもう悩む必要はないからな。わざわざそんなことをしなくても俺は別のやり方でフェルザー領を纏めてみせる」

アレクセイ様はとてもホッとした様子で言う。

「よかった。ほんの少しだけアレクセイ様が受け入れるつもりだったらどうしようかと思っていたんです」

「心外だな……まあ、昔のことがあるから仕方ないが。でも信じてほしい。今後ラウラを苦しめるようなことは絶対にしない」

「はい。私ももう少し自信を持てるようにします」

「少しじゃなく、自信満々になってくれるようがんばるよ」

アレクセイ様は優しく言い、私の手をもう一方の手で包んでくれる。

幸せだなと感じながら口を開く。

「ねえアレクセイ様、今回はいろいろと間も悪かったと思うんです」

「どういう意味だ？」

「実は今日、アレクセイ様の執務室に例の令嬢たちが入って行くのをアンナが目撃したんです。それで私不安になってしまって。アレクセイ様が外出されていることを知らなかったから」

「執務室に？」

アレクセイ様は再び険しい表情を浮かべる。

「それはいつ頃だ？」

「お昼過ぎです。アンナにアレクセイ様への伝言を頼んだときです。アンナは執務室を追い出されたけれど、令嬢たちは中に入って行ったと憤っていました。そのときシュタイン伯爵はいなかったようです」

「分かった。いろいろと不可解なことが重なっているな。だが逆に尻尾を出してきたか……」

アレクセイ様はぶつぶつとつぶやき、怪訝な顔の私に気づくと、とてもうれしそうな笑顔になった。

「ラウラ、いろいろと解決しそうだ。心配かけて悪かったな」

「え、ええ……それはいいのですけど、解決とは？」

「全容は落ち着いたら話すが、まずは令嬢たちをなんとかしないとな。そうだな……本気で城仕えを希望する者がいたらマイヤー夫人に預けるか？」

「えっ、マイヤー夫人ですか？」

名家の令嬢にマイヤー夫人の下はつらいと思う。顔を引きつらせる私に、アレクセイ様は不思議そうに言った。

「駄目か？　でもラウラ付きにするのも嫌だろう？」

「まあ……今となっては気が進みません」

私付きとなるとアレクセイ様と会う機会がある。

愛妾候補だった子を側に置くのは、さすがに嫌だ。

「だよな、やっぱりマイヤー夫人だな。少しくらい厳しい方があの甘えた令嬢たちにもいいんじゃないか？」

「甘えた？　……アレクセイ様、やっぱり顔合わせしていたのですか？」

「あっ」

アレクセイ様はしまったとでもいうように、気まずい顔をする。

「……聞いていませんけど」

頬を膨らます私に、アレクセイ様は慌てて謝ってくる。

「悪い、一度だけ側近が強引に連れて来たんだ。でもろくに会話はしていない」

「黙っていたのが嫌です」

「余計な心配をかけたくなかった。エルメも妊婦に心労はよくないと言ってただろ？」

「そうですけど、知らないのも嫌です」

ふいと顔を逸らしてしまう。すぐにアレクセイ様の手が頬に触れ、顔の向きを戻される。

「悪かった。でも本当にやましいことはないから」

「……もう秘密はなしにしますか？」

「ああ、約束する」

「側室や愛妾も絶対嫌です」

「側室？」

「はい。今回政治的に必要な場合についても考えましたけど、それでもやっぱり駄目です。アレクセイ様には私だけの夫でいてほしいんです」

「ああ、俺はラウラだけの夫だ。側室も愛妾も迎えない」

「私もアレクセイ様だけです、子供の頃からアレクセイ様だけしか見てないのです。

だから今回は話に聞いただけなのにとても苦しくなりました」

「……本当に悪かった。それにしても俺はラウラを思って行動しているけど、うまくいかないいな」

アレクセイ様は、はあとため息を吐く。その様子は公爵閣下と言うよりひとりの青年でまるで昔に戻ったよう。私はうれしくなり、つい気安い口調で言った。

「私はアレク様が側にいてくれるだけでいいんです」

アレクセイ様ははっとした表情になる。

「ラウラ、今の呼び方」

「あ、ごめんなさい。つい昔のくせが出てしまいました」

「いや、これからもそうやって呼んでくれないか？」

「え？　アレク様とですか？」

「ああ、昔を思い出すし、ラウラにはそう呼んでほしい」

アレクセイ様はとても優しい目をして言う。

懐かしい、共に過ごした過去の日々を思い出しているのかもしれない。

私たちの大切な思い出。

「はい、ではこれからはアレク様ですね」

「そうだ」

「ねえ、アレク様、私たちこれからも誤解ですれ違ったり嫉妬したりすることがあるかもしれません。でもそのたびに話し合って解決していきたいです」

「そうだな。俺の気持ちは幼い頃から変わっていない。だからこそ嫉妬もするだろうが、これからもラウラと共にありたい」

「はい。あの頃のようにこれからも笑い合えるふたりでいたいです」

かけがえのない日々を思い出しながら、私はアレク様にそう答えた。


妊娠生活三月目。

このひと月はとてもたくさんのことが起きた。

初めに、城に滞在していた令嬢たちの解散。

彼女たちの半分は実家に戻り、残り半分は城の滞在中に婚約者を見つけたり、正式に城仕えの女官に転身したりと、それぞれ進路を決めて去って行った。

結局最後まで、私は彼女たちと顔を合わせることはなかった。

いずれ、女官になった子と挨拶ぐらいはすると思うけれど。

後から知ったのだけれど、彼女たちはアレク様の愛妾候補でもなんでもなかった。

本当に行儀見習い。きつい労働が伴わない少し特別待遇の、アレク様付きの女官候補だったらしい。

愛妾とか側室というのは私の完全な勘違いだったようで、そのことを知ったときは恥ずかしくて逃げ出したくなった。

「でも、シュタイン伯爵の言い方だと誤解しちゃうわよね」

一緒に話を聞いていたアンナに愚痴ると、すぐさま同意してくれた。

「しますよ。だってあの人、お慰めする役目と言ってたんですよ。それにラウラ様が愛妾候補ですか？って聞いたとき、いずれは……って答えたじゃないですか！」

「そうなの。だから私も愛妾候補だって思ってほかの可能性を疑いもしなかったのよ」

今、思い返してみるとたしかにシュタイン伯爵の口から愛妾とか側室なんて言葉は出てきていない。あくまでも私の問いに、いずれはそんなこともあるかもしれないと答えただけだ。

アレク様も夫婦で抱き合えないのはつらいと零していたし、ついそっちの方面に思考が向かってしまうのは仕方ない。

「それにしてもどうしてフェルザー家にはそんな慣習があるのですか？」

アンナが首をかしげる。

「ああそれは……過去にいろいろあったみたい」

本当はしっかりとアレク様から聞いたのだけれど、誤魔化した。

だって、過去のフェルザー家当主が奥方の妊娠中に欲求不満のあまり、遊び歩いていろいろなところで子供を作ってしまったからだなんて言いづらい。

知らないところで子供を作られるくらいなら、出自の確かな女性を初めから侍らせた方がいいとして名家の令嬢を集めたのが始まりだとか。

それが年月と共に変化して、今では本当にただの行儀見習い、各家との交流と結婚前の箔付けが目的となっているそうだ。

真実を知っているアレク様がなぜ頑なに拒否したかと言えば、行儀見習いでも若い女性を側におくのは私が気分を悪くするかもしれない。もっと言えば浮気を疑われて嫌われるのが嫌だったからだそうだ。

私はそんなに心が狭くないと言いたかったけれど、すでに愛妾と勘違いしたばかりなのでなにも言い返せなかった。

女性たちの件が収まった後はシュタイン伯爵とアンナを追い出した側近への対応が待っていた。

後から聞いたところ、アレク様はその日視察に行くことを、側近を通じて私に知らせていたそうだ。けれど、側近は私になにも伝えて来なかったから、私は誤解をしてしまった。

アレク様は、勝手なことをした側近たちを厳しく叱ったそう。

フェルザー公爵の側近と言われる高官は現在五人いる。

その中の三人は王子時代からアレク様に仕えている中央貴族の子息で、フェルザー公爵就任に伴い一緒に王都から来た。

残りのふたりはもともとフェルザー家に仕えていた高官の家の出で、とても優秀な人たちだ。

でも、なにかと過去の慣習を押し付けてくるからどんどん改革したいと思っているアレク様は、そのふたりに頭を悩ませていたそうだ。

今回の件で公妃を追い詰めた罪とやらで責めたら多少はおとなしくなったとか。やりやすくなったと言っていた。

それから私の寝室の呼び鈴は、部屋付きの女官が持っていた。

部屋の掃除をしたとき落としてしまったそうで、焦ってそのままスカートのポケットにしまったと自白したそうだけれど、本当のところは分からない。

マイヤー夫人はとても怒り、彼女を私付きから外したため、もう顔を見ることもなくなってしまった。

妊娠してからいろいろあったけれど、無事解決し平和が訪れた。

アレク様からの愛情を感じる日々。そのおかげか私はとても健やかな状態で妊娠六ヶ月目を迎えようとしていた。

よく晴れた暖かな日。

今日はアンテスからお兄様たちが遊びに来てくれている。

名目は私の懐妊祝い。

改装された中庭にガーデンテーブルを置いて、小さなお茶会を開催する。

エステルは相変わらず好奇心旺盛で、目を輝かせて辺りを見回しながら言う。

「アンテスの自然は最高だけど、フェルザー城もなかなかいいわ。湖の小島に城があるのが素敵。こんなに大きな城下町があるのに湖面もとても綺麗だったわ」

うっとりとした息を吐いたエステルに、アレク様がいつになく真面目な面持ちで言う。

「湖の美しさを保つのはなかなか大変だ。だが城下町に住む者たちは進んで湖の浄化活動にいそしんでいる」

「城下町のみんなも、このフェルザーの街を大切に思っているのね」

「そうだな。俺たちはこのフェルザーの領地がもっと発展するようにがんばらなくてはな」

アレク様は、エステルから隣の私に視線を移し、優しく見つめながら言う。

私は、アレク様が〝俺たち〟と言ってくれたことをうれしく思いながらうなずいた。

「はい、私も力を尽くします」

幸せな気持ちに浸っていると、場違いな咳払いが聞こえてきた。

「ずいぶんと仲がいいけど、俺たちの存在忘れるなよ」

「お兄様……別に忘れてはいませんよ。どこにいても存在感抜群じゃありませんか」

まるでこの城の主の様に堂々とした態度で鎮座する大きなお兄様。

忘れろと言う方が無理だ。ただちょっと話しかけるタイミングを逃してしまっただけ。

アレク様は苦笑いを浮かべながら言う。

「レオンは相変わらずだな」

お兄様はにやりと笑いながら答える。

「アレクはだいぶ余裕が出たな。前はラウラのことで右往左往していたのに。あのときなんて大変だったそうじゃないか」

「おい！　余計なことを言うなよ」

アレク様は慌てた様にお兄様を止める。でも私は続きが聞きたくて仕方ない。

私のことで右往左往って……アレク様が？　想像できないだけになにがあったか聞いてみたい。

さすがは兄と言うだけあり、そんな気持ちが伝わったようだ。

お兄様は含み笑いで教えてくれる。

「お前がアレクを捨ててアンテスに帰ったときは大変だったんだぞ。アレクは次の日にすぐにうちの屋敷に来たみたいだが、ラウラはもうアンテスに出発した後で脱出の段取りのよさに茫然としてたんだって。しかもうちの親父殿に散々嫌味を浴びせられたらしい。それなのにおとなしく、言われるがまま聞いていたって」

「……お兄様どうしてそんなに詳しく知っているんですか？　あのときアンテスにいましたよね？」

「そんなの王都の屋敷の奴らに聞いたに決まってるだろ？　親父殿に丁重ながらも冷たく追い返されたアレクはとぼとぼと王宮に帰って行ったらしいぜ。寂しいうしろ姿だったって」

お兄様は、それはうれしそうに語る。

私としても知らなかったアレク様の姿にとても興味津々なのだけれど、次第にアレク様の纏う空気が冷たく険しくなっていくのを肌で感じ、お兄様からさりげなく距離を置く。

話はあとでこっそり聞こう。

そう決心したタイミングでアレク様がガタリと椅子を鳴らして立ち上がった。

「レオン、お前ちょっとこっち来い！」

「は？　なんだよ、怒ってるのか？」

アレク様は依然としてふざけた態度のお兄様を強引に引っ張って行く。

私には、「エステルとゆっくり話していろ」なんて優しい口調で言ったけれど、口もとが引きつっているから絶対に怒ってる。

遠ざかっていくふたりを見送っていると、エステルがあきれた様に言った。

「あのふたり相変わらずね」

「本当ね。アレク様怒っていたけど、お兄様は大丈夫かしら」

「大丈夫よ。レオンは頑丈だから」

「そうね」

すっかり静かになった中庭で、私たちはお茶のお代わりをする。

「順調そうね、でももっと大きくなるのでしょう?」

エステルは私のそこそこ膨らんだお腹を見て言う。

「侍医のエルメ先生がそう言ってた。でもこれ以上大きくなるなんて想像できないわ。お母さまがグレーテを産んだときの記憶はあるけど、こんなに大きなお腹だったかしら?」

「意外に実際見る機会がないわよね。大きなお腹で社交場に出て来る奥方は滅多にいないし」

私もエステルも親友と言えるような関係の相手はあまりいない。

身分の関係もあり、どうしても遠慮が生まれてしまうのだ。とくに私はアレク様の婚約者だからという理由でやっかみの対象になっていたし。

そんな中エステルと仲よくなれたのは本当にうれしい。

「でもラウラが先に妊娠するとは思わなかったわ」

「エステルの方が先に結婚しているものね」

「そうなのよね、私も早く欲しいわ。……ラウラ、幸せを分けてよ」

「いいけど、どうすればいいのかしら」

私たちもアレク様たちとたいして変わらない。他愛ないことを言ってはコロコロ笑っているから。

「そういえばグレーテが一緒に来たいと言って大変だったわ」

「そうなの？　連れて来てもよかったのに」

「そうね、あの子は綺麗なものが大好きだからフェルザー城を見たら感動するはずだわ。でも残念ながらお義母様が駄目だって。まだ他家に長期滞在できるほどマナー教育が進んでないって言っていたわ」

「そんなの気にしなくてよかったのに」

お母さまは相変わらず厳しい。

「そうよね、私もそう言ったんだけどね」

「じゃあ、かわいそうなグレーテになにか素敵なお土産を用意しましょう」

「あ、それいいわね」

エステルとお土産の案を出し合っていると、低く耳に心地よい懐かしい声が聞こえてきた。

「ご歓談中失礼いたします」

「……リュシオン！」

振り返った先にはリュシオンの姿が。

彼は相変わらずきっちりとアンテスの騎士服を纏い、背筋を正して凛と佇んでいる。

目立つ赤髪は少しだけ伸びたかもしれない。

「ラウラ姫、お久しぶりです」

リュシオンは騎士の礼をする。

「やっぱりリュシオンも来ていたのね、お兄様とエステルの護衛は絶対にリュシオンだろうと思ってたけど姿が見えないからどうしたのかと思っていたの」

「皆さまでご歓談中とのことでしたので、ラウラ姫へのご挨拶は後ほど伺おうと考えていました」

リュシオンもお兄様と一緒に来ればよかったのにと言おうと思ったけれど、思いとどまった。

彼は立場をとても弁えている人だから、この場合誘う方が負担になりそうだ。

「久しぶりに会えてうれしいわ。変わりないようでよかった」

「ありがとうございます。それから遅くなりましたがご懐妊おめでとうございます」

リュシオンは穏やかな表情で言う。

「ありがとう。あとふた月か三月で生まれる予定なのよ」

「ふた月なんてあっという間よね、産まれたらまた絶対に来るから。ね、リュシオン」

エステルがリュシオンに向けて言う。彼は少し困った表情をしていたけれど、エステルが来るなら自動的にお兄様も来ることになり、となるとリュシオンも護衛で来訪確定だ。

「エステル、リュシオン、待ってるわ」

「そのときはグレーテも来られるようにお義母様への根回しをしておくわ」

「そう、それならうまくいきそうね。じゃあますますフェルザーに来たくなるようなお土産を選びましょう」

「そうね、とにかく綺麗なものがいいわ。グレーテったらこの前は『世界のステンドグラス』って本を取り寄せてうっとりと見ていたのよ。アンテス城もこんな窓にしたいとお義父様に訴えてすぐさま却下されていたわ」

「そ、そうなの……」

アンテスのみんなは相変わらずのようだ。

それにしてもグレーテへのお土産はなにがいいんだろう。綺麗なものといってもいろいろあるし。

「ねえ、リュシオンはグレーテはどんなものが喜ぶと思う?」

リュシオンはグレーテと関わることが少ないから、趣味嗜好を把握しているとは思えない。たいした期待はしないでなんとなく聞いてみた。

でも意外に、リュシオンは迷いなく言った。

「アンテスの土でも丈夫に育つ美しい花があればよいかと思います」

「花?」

「はい。最近のグレーテ様は花の栽培に関心を持っておられるようです。恐らくラウラ姫の影響かとは思いますが」

「グレーテが手入れをしているの?　意外だわ」

私がアンテスにいた頃は眺める専門だったのに。

「そう言えば、アンテス城の中庭の端でなにかやっていたわね」

「中庭で?　……リュシオン、エステル、アンテスに戻ったらグレーテに誰か花に詳しい者をつけてあげて。あの中庭に苗を植えたとしても永遠に咲かないわ」

「え、そうなの?」

リュシオンもエステルも驚いている。私は神妙にうなずいた。

「あの土は駄目よ。花にはまったく向いていないわ」

エステルと護衛役にリュシオンを連れて中庭を散策していると、アレク様とお兄様が戻ってきた。

ふたりともさっきよりも疲れた顔をしている。なにをしていたのか怖くて聞く気になれなかった。

エステルも同じようでそのことには触れず、何事もなかったようなすまし顔だ。

アレク様はリュシオンに気づくと、大きく目を見開いた。

「リュシオン？」

「公爵閣下ご無沙汰しております。このたびは奥方様のご懐妊おめでとうございます」

リュシオンはアレク様に私にしたよりも正式な礼をする。

「ああ……そうか、レオンとエステルの護衛で来たんだな？」

「はい。部下たちと宿泊所に詰めておりましたが、レオン様に急ぎお知らせすることがあり参りました」

「私がすぐに戻るからここで待ってるように言ったのよ」

エステルが補足して言うと、お兄様が憂鬱そうな顔をした。

「知らせってなんだよ。どうせろくでもないことなんだろ？」

お兄様はぶつぶつ言いながらどこかに行く。

リュシオンは私たちにもう一度頭を下げお兄様を追って行った。

「あいつ……相変わらず隙がないな」

「え、リュシオンがですか？」

「ああ。穏やかそうな顔をしてるくせに、完璧な警戒態勢だったぞ。ますます腕を上げたんじゃないか？」

「警戒しているようには見えなかったけど」

私とエステルのおしゃべりに合わせて笑っていたし。

「まあ、私とラウラと一緒なんだから警戒はするわよね、私たち、これでもいつ狙われてもおかしくない立場だからね」

「そう言えば、そうかもしれないわ」

「でも、言わなければ分からないわよね、変装して街に出てみようかしら」

「あ、いいな。私も行きたい」

「おい！　お前たち呑気すぎるぞ。とくにラウラ、お前は妊婦だろう？」

アレク様が、あきれたように言う。青空の下、楽しい時間はいつまでも続いた。

賑やかだったエステルたちがアンテスに戻り、さらに日々は流れ、私のお腹ははちきれんばかりに大きくなっていた。

もういつ産まれてもおかしくないとエルメ先生は言っている。

ちなみにエルメ先生は先月から私の部屋の近くに泊まり込み、いつなにがあってもいいように待機してくれている。

マイヤー夫人をはじめとした女官たちは出産のための準備に余念がなく、生まれてくる子供のための部屋や、寝具などの支度に追われていた。

それを見ていたら、私もなにか自分で用意したくなり、産着の邪魔にならない場所に小さな刺繍を入れた。男の子か女の子か分からないから、綺麗な水色で。

アレク様は必死に名前を考えているようだった。

忙しい公務の中、古語辞典などをつぶさに調べ、あれこれ悩んでいるようだ。

私への過保護ぶりはさらに増していた。

最近では、お腹が大きすぎてかひとりで歩くこともままならない。

アレク様がいるときは夜会でもないのにエスコートされるし、いないときは必ずアンナと行動するように釘をさされている。それだけでなく密かに護衛が配置されているのに、うっすらと気づいていた。

そんな厳重で過保護な態勢で過ごしていたある日の夜。

湯あみを終えた私は、急にお腹の痛みを感じてその場に蹲った。

「ラウラ様！」

側にいたアンナが悲鳴をあげ、それを聞いたマイヤー夫人たちが集まってくる。

私は激しい痛みと冷たくなった足もとに驚き、茫然として座ったまま動けない。

エルメ先生がやって来て私の様子を見ると、青ざめた。

「これは……お産が始まります。すぐに準備を！」

お産が始まる？　聞いていたよりもずっと急激な始まりに戸惑いながらも、襲ってくる痛みがひどくて頭がうまく回らない。

「ラウラ様をベッドに」

エルメ先生の声がして、誰かに体を支えられるのを感じた。そのとき、

「待て、俺が運ぶ」

アレク様の声がして、私はそっと抱き上げられた。

「ラウラ、大丈夫か？」

心配そうに私の顔を覗き込むアレク様の額には汗がにじんでいる。

きっと大急ぎで駆け付けてくれたのだろう。

「アレク様……お産が始まるって」

「ああ、聞いた」

「……急で、少し怖い、お腹も痛くて」

そう本音を零せば、アレク様は私を慎重にベッドに寝かせ、それから手を握ってくれた。

「ラウラ、ずっとこうしてついているから」

「本当に？　側にいてくれる？」

「ああ、もう大昔に約束しただろ？　この先もずっと側にいるから」

不思議なことに不安が段々と収まってくる。

「……っ！」

痛みはますますひどくなる。思わず悲鳴をあげると、アレク様がなにか言うのが聞こえてきた。

けれど、意識は朦朧として聞きわけることができなくなってくる。

自分の悲鳴を遠くに聞きながら、痛みと闘う時間は長く続き、そしてぼんやりと朝の光を感じた頃、突然解放のときはやって来た。

甲高い赤子の声が聞こえてくる。

動けないでいると、真っ白な産着に包まれた真っ赤な赤ちゃんが、エルメ先生の手によって枕もとに運ばれてきた。

「あ……」

まだ目も開いてない赤ちゃん。小さくて頼りなくて、だけどとても力強く泣いている。

「ラウラ、よくがんばったな。ありがとう、俺の子を産んでくれて」

アレク様が枕もとに来て、優しく髪をなでてくれる。

その瞳は潤んでいて、初めて見るアレク様の涙に、私は驚きと喜びを感じ、アレク様の手にそっと触れた。


あれからすぐに私は意識を失ってしまったようだ。

エルメ先生曰く、私の出産は本来と順番が代わり、赤ちゃんを守る水が先に抜けてしまったとのこと。

そのせいで難産になり、私は自分が思っていたより体力を消耗していたようだ。

それから丸一日寝込んでしまい、翌日改めて赤ちゃんと対面をした。

産まれた子供は女の子だった。

初めて対面したときは閉じていた目が今はちゃんと開いている。

うっすらとした水色の瞳。だけど、成長と共に少し色味は変わってくるから、私の紫色に似るかアレク様の深い青色に似るかはまだ分からない。

髪の毛もやわらかそうな白金色でこれもまた、将来どうなるのか分からない。

その分とても楽しみだった。

「私は、アレク様に似た子になってほしいです。きっとすごい美女になるもの」

金髪碧眼で長身のうらやましくなるほどの迫力美人。

だけど、アレク様はとんでもないと首をふる。

「この子は女の子だぞ？　ラウラに似たほうがいいに決まってるだろ？」

「そうですか？」

「ああ、だがそうすると嫁に出すことができなくなるな……」

アレク様は早速親ばかを発揮しているようだ。

私は笑いながら、言った。

「ところでアレク様、この子の名前はどうするのですか？」

「ああ、それならもう決めてある。ラウラが目覚めるのを待っていたんだ」

「なんという名前ですか？」

期待で胸をいっぱいにして問いかける。

アレク様が必死に考えていた名前。私は聞かずに楽しみに待っていたのだ。

「この子の名は、リオーネだ」

「リオーネ？　……かわいらしいけれど凛とした素敵な名前ですね。リオーネ」

「希望の光という意味があるそうだ」

「……すごい！　祝福された名前ですね、この子は必ず、幸せになります」

リオーネは私たちの希望の光だ。

「アレク様とリオーネとこの先も家族三人仲良く暮らしていきたいです」

「ああ、もちろんだ。でも三人じゃなくリオーネに兄弟もつくりたいな」

「……兄弟ですか？」

「ああ、俺たちの愛の証だ」

愛の証？　頬を染めた私をアレク様は優しい目で見つめてくる。

「そうですね。アレク様と私と子供たちと……きっと幸せな毎日が待ってます」

アレク様はとても幸せそうに、私とリオーネを抱きしめてくれる。

私たちは寄り添い、希望に満ちた未来を夢に見る。きっとそれは実現すると思うから。

「アレク様、大好きです」

アレク様がうれしそうに微笑む。

「約束する。ラウラとリオーネを必ず幸せにすると」

私は愛おしさでいっぱいになりながら、アレクセイ様を見つめて言う。

「私も……アレク様とリオーネを幸せにします」

そう決意と共に言えば、優しいキスが降ってくる。

「愛している。出会った幼い頃からずっと、これからも。この想いは変わらない」

そっと大切そうに抱き寄せられると、喜びの涙がこみ上げた。

私は世界一の幸せ者だ。

END

あとがき

はじめまして、こんにちは。吉澤紗矢と申します。

このたびは、『クールな公爵様のゆゆしき恋情』をお手に取っていただき、ありがとうございました。

この作品は、マカロン文庫として2017年に電子書籍化となったのですが、この度ベリーズ文庫化の運びとなり加筆修正致しました。そのため、もう何度も読み返しており、とても愛着のある作品となっています。

お話の冒頭で、ヒロインは冷たく心の通じない婚約者との関係に見切りをつけ、婚約解消を決心します。愛情と執着心が残っているけれど、一緒にいても幸せになれないと自ら別れを選び失恋しますが、自分らしさを取り戻すことができます。

潔い決意が出来る女性が好きなので、この場面は書いていてすっきりした気持ちになりました。

後半の加筆部分は、結婚後のふたりの仲のよい暮らしを書いていますので、楽しんで頂けたらうれしいです。

最後に刊行に携わってくださった全ての方にお礼を申し上げます。

マカロン文庫のときから引き続きイラストを描いて下さった、坂本あきら先生。素敵な絵をありがとうございます。

編集の丸井様、いつも適格なご指摘本当にありがとうございます。今後もよろしくお願いいいたします。

いつも私生活を支えてくれている家族と友人にも感謝を。

そして、この本を読んで下さった読者の皆様、ベリーズカフェのサイトで応援してくれている皆様、心より感謝を申し上げます。

また、いつかお目にかかれるように、これからも鋭意努力していきます。

どうもありがとうございました。

吉澤《よしざわ》紗矢《さや》

吉澤紗矢先生への
ファンレターのあて先

〒104-0031
東京都中央区京橋1-3-1
八重洲口大栄ビル7F
スターツ出版株式会社　書籍編集部　気付

吉澤紗矢先生

本書へのご意見をお聞かせください

お買い上げいただき、ありがとうございます。
今後の編集の参考にさせていただきますので、
アンケートにお答えいただければ幸いです。

下記URLまたはQRコードから
アンケートページへお入りください。
http://www.berrys-cafe.jp/static/etc/bb

ベリーズ文庫

本作は2017年6月に小社よりマカロン文庫版「クールな公爵様のゆゆしき恋情」
として刊行されたものを、大幅加筆修正したものです。

クールな公爵様のゆゆしき恋情

2018年12月10日　初版第1刷発行

著　者　吉澤紗矢
©Aya Yoshizawa 2018

発行人　松島 滋

デザイン　CoCo Desigin 吉野知栄

校　正　株式会社鷗来堂

編　集　丸井真理子

発行所　スターツ出版株式会社
〒104-0031
東京都中央区京橋1-3-1　八重洲口大栄ビル7F
TEL　販売部　03-6202-0386（ご注文等に関するお問い合わせ）
URL　http://starts-pub.jp/

印刷所　大日本印刷株式会社

Printed in Japan

ISBN 978-4-8137-0586-4　C0193

ベリーズ文庫 2018年12月発売

『目覚めたら、社長と結婚してました』 黒乃《くろの》 梓《あずさ》・著

事故に遭い、病室で目を覚ました柚花は、半年分の記憶を失っていた。しかもその間に、親会社の若き社長・怜二と結婚したという衝撃の事実が判明！　空白の歳月を埋めるように愛を注がれ、「お前は俺のものなんだよ」と甘く強引に求められる柚花。戸惑いつつも、溺愛生活に心が次第にとろけていき…!?

ISBN 978-4-8137-0580-2／定価：本体650円＋税

『蜜月同棲～24時間独占されています～』 砂原雑音《すなはらのいず》・著

婚約者に裏切られ、住む場所も仕事も失った柚香。途方に暮れていると、幼馴染の御曹司・克己に「俺の会社で働けば？」と誘われ、さらに彼の家でルームシェアすることに!?　ただの幼馴染だと思っていたのに、家で見せるセクシーな素顔に柚香の心臓はバクバク！　朝から晩まで翻弄され、陥落寸前で…!?

ISBN 978-4-8137-0581-9／定価：本体640円＋税

『エリート弁護士は独占欲を隠さない』 佐倉《さくら》伊織《いおり》・著

弁護士事務所で秘書として働く美咲は、超エリートだが仕事に厳しい弁護士の九条が苦手。ところがある晩、九条から高級レストランに誘われ、そのまま目覚めると同じベッドで寝ていて…!?　「俺が幸せな恋を教えてあげる」――熱を孕んだ視線で射られ、美咲はドキドキ。戸惑いつつも溺れていき…。

ISBN 978-4-8137-0582-6／定価：本体660円＋税

『極上恋愛～エリート御曹司は狙った獲物を逃がさない～』 滝井《たきい》みらん・著

社長秘書の柚月は、営業部のイケメン健斗に「いずれお前は俺のものになるよ」と捕獲宣言をされ、ある日彼と一夜を共にしてしまうことに。以来、独占欲丸出しで迫る健斗に戸惑う柚月だが、ピンチの時に「何があってもお前を守るよ」と助けてくれて、強引だけど、完璧な彼の甘い包囲網から逃れられない!?

ISBN 978-4-8137-0583-3／定価：本体630円＋税

『ベリーズ文庫 溺甘アンソロジー1 結婚前夜』

「結婚前夜」をテーマに、ベリーズ文庫人気作家の若菜モモ、西ナナヲ、滝井みらん、pinori、葉月りゅうが書き下ろす極上ラブアンソロジー！　御曹司、社長、副社長、エリート同期や先輩などハイスペックな旦那様と過ごす、ドラマティック溺甘ウエディングイブ。糖度満点5作品を収録！

ISBN 978-4-8137-0584-0／定価：本体650円＋税

タイトル、価格等は変更になることがございますのでご了承ください。